泡

松家仁之

集英社

泡

1

湯船につかっている薫《かおる》はぼんやりと目をあけ、鼻からゆっくり息を吸った。

すぅー。かすかな音が聞こえる。口から吐く。ふぅー。

ひとりでいられる風呂場だけが薫の安心できる場所だった。真夏でもシャワーですまさず湯船に入る。黙って湯につかっていると、かたく縮んでいたからだもゆるんでくる。

こんどはなるべく長く息を吐いてみる。

二畳あるかないかの風呂場に、大きな窓はない。

天井近くに取りつけられた横長の小さなガラス窓は、木枠の金具から垂れさがった麻紐を引っぱると、パタパタ音を立てながら開いたり閉じたりする。開閉式の小さな国旗。国民は薫ひとりだけだ。国旗の下から湯気が逃げてゆく。引っぱった紐を壁のフックにくるくる巻きつければ、窓は開いたままとなる。

いったん湯船から出て中腰になり、風呂場の引き戸を少しだけ開ける。とたんに外気が入ってくる。夏の夕暮れの空気のなかに、わずかに海の匂いがする。太平洋岸のぬるい潮風が、風呂場の蒸れた空気とともに、天井近くのガラス窓をくぐりぬけ外へ出てゆく。薫は貝殻を置き忘れたヤドカリの尻のかたちで急いで湯船にもどった。だぼん、と湯がはねる。

午後五時すぎだった。日没まではまだ長い。店には六時までに行けばよかった。「手伝えたら手伝うか」というのが大叔父のセリフだった。正式なアルバイトというわけではなくたんなる手伝いだから、緊張する必要はまるでない。それでも薫の緊張の糸は心臓の裏のあたりから背中だの手足だのに向かって四方にのび、気持ちもからだも硬くしばろうとする。

薫は三六五日、肩が凝っている。肩凝りが常態なのでとくに痛みは感じない。剣道の授業で竹刀をふりあげふりおろすとき、柔道の授業で相手と組んだ瞬間、薫はとたんに肩のこわばりを自覚する。

湯船に身を沈めているとお腹に水圧がかかり、溜まった空気が動きはじめる。両腕で両膝を抱えこみ、ぐっと引き寄せれば、さらに腹圧が高まる。湯のなかで空気が割れる音。お腹の空気が体外に押し出され泡となり、わらわらと出てゆく。

いつのまにかやってきた小さな潜水夫が、股間の陰にひそんで呼吸している。呼気がぷくぷくと連続して浮かびあがり、その居場所を無防備に教える。いったん出てゆく道筋ができれば、今日一日呑みこんだ空気はよろこびいさんで解き放たれてゆく。


高校二年になって間もなく、薫は学校に行けなくなった。

最初のうちは仮病をつかってとびとびに休んでいた。剣道、柔道の授業がない日にはなんとか行くことができたが、それも長続きしなかった。

夏にならないうちに、ぱたりと通えなくなった。

最後に学校に行った日の朝のことはよく覚えている。

よく晴れた日で気温も高く、桜並木は重苦しい木陰をつくっていた。

詰襟の黒の学生服を着た薫は最寄りのバス停で降り、道幅の広い漠然とつづく通学路を歩きはじめた。見慣れた通学路の光景に、すぐさま無言の圧力を感じ、呼吸が浅くなってゆく。

小さな工場が並ぶ一画では、バックや前進を小刻みに繰りかえすフォークリフトが、朝の通行人をたくみに避けながら分厚い紙の束を上げたり下げたりしている。製品になる前の材料が、これからどこかへ運ばれていく。あたりには紙やインクのつるりとした匂いが漂う。

印刷所からワンブロック先にはデパートの配送所がある。同じ包み紙に覆われた箱が目的地別のトラックにせわしなく積み込まれてゆく。意志のない箱が黙ったまま仕分けされ、どこかへ運ばれる。積み上げられた箱を見ているだけで胸に圧迫感をおぼえ、息苦しくなる。

護岸工事が施されたばかりの極端に水量の少ない川に、道路の延長でしかない短い橋がかけられている。橋をわたるとゆるやかな丘がはじまる。坂をのぼりきった丘のうえに、薫の通う高校はあった。

坂の両側には集合住宅が立ち並び、主婦らしき人がベランダに出て洗濯物を干している。薫はベランダを見上げないよう目を落として歩いた。どこかの窓から民放ラジオの軽いおしゃべりが聞こえてくる。押しつけがましく明るい世の中の音。集合住宅が途切れるあたりで坂は左へとカーブを描いてゆく。

カーブが終わると、坂の前方に灰色の校舎の三階部分が見えてくる。坂をのぼりきれば、まもなくグラウンドのエリアだ。まず視界に入るのは野球部のためにつくられた見上げるほど高いフェンス。土のグラウンドはサッカーやラグビーもできる広さだった。文武両道を標榜し、スポーツ関係の設備が異様なほど充実している。進学校の一角を占めながら体育教師が大きな顔をしている男子校だった。

薫が入学する十年以上前、フェンスのてっぺんまでのぼってかえってくる競争をくわだてた生徒のひとりが、手足を滑らせて転落し、グラウンドにたたきつけられて首の骨を折った。

下で金網にしがみついていた生徒が巻き込まれ、手の指を何本かへし折られた。首の骨を折った生徒は救急車で運ばれる途中、死んだという話だった。以来、生徒たちはフェンスを「サル網」と呼んでいた。

サル網が視界に入ってきたとたん、呼吸がさらに浅くなり、心臓のあたりが重くなり、足がもつれそうになった。校門のだいぶ手前で薫は立ち止まった。

同級生は今日も黒い詰襟の学生服で、生ぐさく脂っぽい教室の空気を吸っているだろう。無駄口をたたき、たわむれに摑みあい、回し蹴りのまねをしているだろう。イナゴの群れのようにひしめきあう、いつもの姿が目に浮かぶ。もちろん薫も同じ色、同じ匂いのイナゴの一匹だ。あの教室にはもう行けない。同じイナゴであるのなら、乾いた空に飛びあがり、できるだけ遠くへ逃げて行きたい。自分の羽音からは逃れられないにしても。

校舎に向かうのをやめ、決然と、といった気構えで左に曲がった。

ふだんは歩かない道だが、まっすぐ行けば区立公園につきあたることは知っている。無闇に広い区立公園のきわを、植樹されたばかりの樹木が一定の間隔で並んでいる。枝も葉も刈り込まれ、幹にはぐるぐると縄状のものが巻かれている。こんな頼りなく愛想のない細い木でも、いつかは大木になるのだろうか。鳥がとまり、枝がやわらかくたわんで、風にそよぎながら葉裏を見せる余裕もうまれるのだろうか。夏の陽を浴び、地面に木陰をつくることもあるのだろうか。とてもそうは思えない。ぴくりともせず、そよぎもしない木は、半分死んでいるように見えた。

一年前、たった一週間で退部することになった硬式テニス部では、十数人いる新入部員とともに、この公園のなかにある埃っぽい散歩道をぐるぐると何周も走らされた。つぎに腹筋と腕立て、うさぎ跳び――トレーニングというより、ボールに触れる前にふるい落とすのが目的の儀式のようだった。腹筋と腕立てを終えるとまた走る。筋肉はもちろん、心臓も肺も、喉や鼻の粘膜も限界に達して、足もつりそうになった。ひとりが走るのをやめ、植え込みに顔をつっこむようにして吐きはじめると、それを見た二年生が「よおし、学校にもどるぞ」と言った。みな押し黙ったまま二年生のあとを歩いた。吐いたせいもあるのか一年生は涙ぐんでいた。だいじょうぶかと声をかける者はいなかった。薫も黙っていたが、隣に並んで歩きながら様子を見ていた。もどしたあとの饐《す》えたような匂いが微かにした。

退部届を出したとき、顧問の社会科教師は「テニスも遊びじゃないってことはわかっただろう。文化系のクラブもたくさんあるから、そっちで頑張るようにな」と薫の目を見ようともせずに言った。「オマエラ」とあだ名のついた顧問の教師は、教科書から外れたエピソードを話しはじめるとき俄然いきいきとする。プールのある中庭に向いた窓に目をやりながら「お前らは興味ないだろうが」と前置きするのもいつも同じだ。エピソードの大半は歴史上の人物がなぜ負けることになったか、なぜ表舞台から消えたのかをめぐるものだった。勝ち負けの分岐点、敗退にいたる判断や行動を、見てきたように話す。「負けるべくして負けた」がオマエラの得意のセリフだ。

「ここで間違ったんだな」とチョークで白くなった指先で虚空をノックするようにオマエラは言う。ノックするドアの向こうに見えているのはオマエラが演出する大河ドラマだ。どこでどう間違ってこの味気ない男子校に来て、日本史を教えることになったのか――オマエラはその分岐点をひとり考えたりもするのだろうか。

同じ学校の登校中の生徒と鉢合わせしないよう、前方に気を配りながら公園の外周を歩いていると、興奮したヒヨドリが何羽も集まり、薫を見つけたとばかり、キーヨキーヨキーヨとけたたましく鳴いた。薫はヒヨドリが嫌いだった。自分たちよりからだの小さいスズメやメジロ、シジュウカラを追い払い、勝ち誇ったように鳴きたてる。興奮すると頭の羽毛を逆だてる。鳴き声も見た目も騒々しい。誰にも聞こえない声で、うるせ、と言う。

公園を抜けるとまもなく環状道路に出る。ただ車が走っているだけの片側三車線。目的地に向かって走る車の群れから目をそむけるようにしながら歩道橋をのぼり、ふわふわ揺れる橋を渡り、向こう側に降りた。環状道路沿いには三階か五階くらいの灰色のビルが乱杭歯《らんぐいば》のように建っている。街路樹すらない狭い歩道をバス停まで歩き、学校とは反対方向のバスを待ち、パフンと開いたドアから乗りこんだ。二十分あまり揺られる途中、バスは陸橋の上を走ったり私鉄の線路下をくぐったりはするものの、灰色の眺めはどこまでも同じだった。

父も母も学校の教師だったから、家に帰っても黒猫のタロしかいない。出窓から外を見ているのが好きなタロは、薫が通りかかるのを察知すると床に飛び降り、リビングをまっすぐに横切って、玄関前のフロアでじっと待っている。ドアを開けると、かすれた鳴き声で挨拶しながら近づいてくる。薫の脛《すね》のあたりに軽くからだを押しつけ、一度だけ薫を見上げると、また定位置の窓際にとび乗って、じっと外を眺めはじめる。タロは薫の早々の帰宅を不審には思わない。学校など知らないし、外の見張りがなによりも大事なのだ。

薫は二階の自室に入り、学生服を脱ぎ、ワイシャツを脱ぎ、靴下を脱ぎ、パジャマも着ないでベッドに入った。横になりさえすれば、すぐに眠れた。

浅い眠りに沈むうち、唐突に始まり唐突に終わるいやらしい夢を見た。「ウェット・ドリーム」が夢精のことだとビートルズの歌で知ってはいたが、薫は夢精の経験が一度もなかった。映画で見たジョン・レノンはロンドンの寒いビルの屋上にいて、「誰モガミナ夢精シ」とこごえた白い顔で歌っていた。横で歌っているポールはどうだったのか。

涙ならずいぶんたくさん出した。少なくとも小学生までは泣き虫だった。幼稚園に通うのが嫌で毎朝泣いていたし、小学校にあがると学校ではさほど泣かなかったが、親に叱られたり、思うとおりにならないと、家ではよく泣いていた。中学生くらいから滅多に泣かなくなった。高校生になってからは一度も泣いてない。薫は湯船のなかでそのことに気づいた。どうすれば泣けるだろう。中学時代に一度だけいっしょに美術館に行った同級生の聡子が、この世からいなくなる場面を思い浮かべてみる。聡子は犬と「火の鳥 黎明編」とシカゴが好きで、茹で卵とプロセスチーズが苦手で、図書委員をしていた。髪が肩の下まであって、軟式テニス部だった。聡子は重い病気にかかり病院のベッドにいる。薫は病室にいて、いまはふたりきりだ。もう助からないとふたりは知っている。聡子は「薫くん、ありがとう」と言う。聡子の手を握りたいけれど、両腕ともベッドのなかだ。蒼白な顔に触れることなどできない。何も言えずそばに立っていると、聡子の目尻から涙があふれてきて、耳に入るのが見える。映画なら薫は聡子の頬に顔を近づけ、涙のあたりに口をつけるだろう。妄想のなかですら薫はなにもできない。泣いているのは聡子だけだった。

現実の聡子は薫とは別の都立高校に入り、ほどなくボーイフレンドができたと聞いた。漫画研究会の先輩で後ろから見ると女のような長い髪をしているらしい。男女共学で私服の高校だった。聡子が重い病気にかかったとしても、治ること以外なにを望むだろう。いくら考えても思い浮かばない。涙もにじんでこなかった。

妄想はやめにした。

こんどは腹筋に力を入れ、湯船のなかで下腹の空気を押し出して、泡を立てる。この泡は現実だ。薫の一部であったはずなのに、出てしまえばただの泡、未来でも現在でもない過去だった。泡になっているあいだだけ姿をあらわす気体は、泡がはじけると見えなくなる。

溜まっていた空気をすっかり出すと、はっていたお腹がおさまったことを感じながら薫は湯船を出た。急いでシャンプーをし、シャンプーの泡で全身を洗った。湯船のお湯を洗面器ですくい、かぶるようにして頭にかけた。狭い風呂場にあらわれる小さな滝。髪がきしきしするのを指で確かめ、蛇口をひねり、勢いの弱いシャワーを浴びる。

東京から列車を乗り継いで七百キロ以上も離れた太平洋岸の町の日没は、東京より二十分くらい遅い。日が沈むと、かんかん照りの匂いが消え、空気は血の気を失う。海辺の町の夕暮れどきはただ暗くなってゆくだけの都会とちがい、ずっと不穏でざわざわする。見えないおおきなモップ状の空気が、山肌から海面にむかっておりてきて、町の熱気を鎮めてゆく。寝苦しい東京よりはるかに涼しい。

人々は夕暮れを迎えたとたん外を出歩きはじめる。アパートの前の道も、これから人通りの増える時間帯になる。二、三人の男たちの声が近づいてくる。折り重なるように笑ったり大声を張りあげたりしながら。なにがそんなに楽しいのか。声のかたまりは近づき、遠ざかり、聞こえなくなる。みなおそらく薫よりも年上だ。

2

薫が寝起きしているアパートから歩いて三分のところに、もとは牛乳販売店だった家がある。薫の大叔父、佐内兼定《さないかねさだ》の家だ。兼定は牛乳販売とはなんの縁もない。温泉と海水浴の町、ここ砂里浜《さりはま》でジャズ喫茶を営んでいた。

二階建ての一階は店の引き戸や牛乳販売の設備はすべて取り外され、いまは車庫になっている。壁や床には牛乳販売店の名残りの白いタイルがまだらに貼りついたままだ。店舗の床の中央部には排水口がついていて、その場で車を洗えたが、兼定が洗車をしなくなって何年にもなる。太陽光と潮風にさらされて褪色し、鈍くざらついたマツダR360クーペ。窓ガラスはガソリンスタンドで拭いてもらう。前向きに駐車しているので後ろのバンパーのへこみは見えない。ボディのあちこちに細かな傷がついている。

車庫の突きあたりの壁にツバメの巣がある。止まったまま動かなくなった牛乳販売店の壁時計を台座にしている。十時十四分を指して止まっている短針と長針が巣を支える両手のようだ。春にツバメがやってくると、兼定は、巣を出たり入ったりする様子を少し離れたところから見守っている。毎年同じつがいが来ているのかどうかはわからないが、自在に飛びかう姿が兼定を惹きつけた。雛の巣立ちからしばらく経ち、白く乾いた土の巣はもぬけの殻で、手もちぶさたの顔に見える。

薫の祖父、鍬太郎が長男で、兼定は六男だった。三人の姉があいだに挟まれているので九人きょうだいの末っ子になる。鍬太郎との年齢差もおおきいが、性格や顔つきも他人のようにちがう。鍬太郎は無口な堅物で、兼定はおしゃべりな遊び人とみなされていた。法事で会うたびに薫は兼定のふるまいに惹きつけられた。佐内の人ではないような朗らかでおもしろい大叔父に、知らぬまに視線が向かった。

夏のあいだ、東京から遠く離れた海辺の町で、兼定をたよりに暮らしてみたいと言いだしたのは薫だった。できるだけ遠くへ行きたい気持ちと、はぐれ者のような大叔父への関心、兼定がやっているジャズ喫茶への興味もあった。そして大叔父はたぶん、自分をかまわず放っておいてくれるだろう。

薫の父、浩一は兼定について話すときかならず苦笑いの表情になる。教師である浩一から見れば、兼定が教育的人物でないのはあきらかだ。しかし高校に行かなくなった息子の預け先として考えたとき、あるいは回復のきっかけになるかもしれないと淡い期待を抱いたのは、兼定が教育的でないからだった。浩一は内心では半ばそう確信していたが、妻の前でそのような期待を口にすることはなかった。やはり教師の妻はそもそも兼定を好ましく思っていない。軽薄でなにを考えているかわからない老人、おそらくそうした印象だろう。なにをどう言っても「そんな無責任な」と批判されるのはわかりきっていた。

兼定に言わせれば、浩一は堅物の鍬太郎に「よう似とる」らしい。親子なのだから仕方あるまい。そう言う兼定にも鍬太郎に似たところはある。寝顔が同じなのだ。昼間から酒を飲んで昼寝をしている兼定の寝顔は、当時中学生だった浩一の目には、父とそっくりにうつった。眉間の深い皺、やや苦しげな表情。あのときの父の歳に近くなった自分もまた、同じような顔で眠っているのか、妻に確かめたことはない。

午後三時。二階の寝室のベッドで佐内兼定は昼寝をしていた。眉間にはくっきりと皺が寄っている。

隣家の裏庭の柿の木でヒヨドリがけたたましく鳴いた。

目が覚めてここがどこかと気づくまでのわずかな時間、兼定は動悸をおぼえた。ここが砂里浜の自分の家だとわかると、すぐにこわばりがとけた。そのとき兼定の瞳が透き通るようになる。人影のない広大な砂漠か荒野を、たったいまひとりで見ているような目の光。その瞳の薄い光を見る者はここにはいない。

寝起きがよくないのはいつものことだ。腰がかたく痛みがある。やや前かがみの姿勢で浴室にいき、シャワーを浴びて寝汗を流した。夏のあいだは朝昼夜とシャワーを浴びる。石鹸で念入りに洗い、シャンプーもする。シャワーを浴びるのは客のためではなく自分のためだ。汗は髪を重くする。太く弾力がある重い白髪は、洗えば軽くなり、生き返った気持ちになる。

耳のつけ根や窪みも注意深く洗う。耳の複雑なかたちや色には、からだからの信号があらわれている。生きて血の通っている耳と、死を目前にした硬い耳とをくらべれば、それはわかる。カスタードクリームの入ってないシュークリームのように、触らないでもそれとわかる。いまは誰も死にかけてはいない。耳をきれいにするのは兼定のおまじないのようなものだった。

シャワーをとめる。からだの芯に熱を残したまま、肌の温度が下がる。

店にいけばクーラーがあるが、家にあるのは扇風機ひとつだけだ。

タオルで髪をごしごし拭いていると、にわか雨がとおりかかった。雨がふきこまないよう窓をしめる。一階の車庫で子どもたちが雨宿りしながら騒いでいる。子どもの声がまじりあって聞こえてくるのは好きだった。大人たちが大声を出したり叫んだりしているのを聞くのは好きではない。大声や叫び声は耳をおおい尽くす。モノさえ見えなくする。

トランクスだけ穿いて扇風機にあたった。読み残していた新聞をめくる。カンボジア情勢を伝えるモノクロ写真のうえに白髪が一本落ちているのに気づく。ふっと吹いて飛ばそうとしてやめ、指でつまんでゴミ箱に捨てる。

まもなく雨があがり、兼定は窓をあける。気温は下がったが湿気がつよい。セミがおそるおそる鳴きはじめる。子どもたちはいつの間にかいなくなっている。

八月に入ると、時間が止まったようになった。クマゼミの鳴き声とアスファルトの照りかえしがほぼ毎日おなじつよさでくりかえされる。家ではテレビも見ない、ラジオも聞かない。考えることを停止させる暑さはむしろ兼定の望むところだった。

「オーブフ」は昼前の十一時半に開店し、夜の十時に閉店する。カウンターには六人ぶんのスツール、壁側に二人がけの小さなテーブルがふたつ、奥に四人がけのテーブルがひとつ。平日の午後はひとりで来る客がおおく、注文された飲みものを運んだあとは放っておけばいい。たったひとりの従業員である岡田は、店をあけるとまもなく現れる。店の最初のピークはランチタイムだ。午後になったらどこかで二時間休憩を交代で入れる約束になっていたが、岡田は体調がすぐれないとき以外はそのままずっと店にいた。休んでくれよ、と声をかけても、中途半端に休むとかえって疲れます、と岡田は言った。「オーブフ」は岡田自身のもうひとつの部屋のようなもので、働くことを時間単位で考えていないらしい。兼定はことばどおりに受けとり、ランチタイムが終わると店をまかせ、自分は家に帰って昼寝をさせてもらうようになった。

まだ五十代だったころ、店は兼定がひとりで準備して開いた。閉店して半年以上そのままになっていたカウンターバーを格安の居抜きで購入した。中古でも値のはるアンプとスピーカー、レコードプレーヤーを手にいれ、設置と配線は自分でやった。コーヒーを淹れ、レコードをかけ、軽食をつくり、皿を洗い、掃除をした。長年にわたるひとり暮らしだったから、仕事は日常の雑事とたいして変わりなかった。経験がないとすれば、それは客あしらいだった。それにもやがて慣れた。

愛想をふりまかず、不機嫌にもならず、淡々とふるまっていれば、客も気楽でいられる。カウンターの内側の人間の気配を気にすることなく、音楽を黙って聴きながら、それぞれ別々のことを考えていられる。ジャズ喫茶はそのような無為の時間をただぼんやりと室内に漂わせていればいい――兼定はそう考えるようになった。口数の少ない兼定を親族は見たことがないはずだ。自分が無口でいられる場所を兼定は好んだ。

不愉快な思いをすることもある。その対処法も身についた。閉店間際に酔いのまわった客が入ってきたら即座にレコードをとめ、すべての照明をつける。そして「もうしわけないですが閉店です」と抑揚をつけずに申し渡し、静かに追い返す。その呼吸もわかってきた。兼定の得意とする冗談めいた言い方はもちろん、つよく拒絶する口ぶりも酔客の恥の感覚をふいに裏返し、怒りに火をつけてしまうことがある。冷静な通達にとどめておけば、酔客は一瞬酔いが覚めた顔になり、力なく片手をあげて、バツが悪そうに店を出てゆく。

客の入りもステレオの音の響きも安定し、店が順調にまわるようになって久しい「オーブフ」に、岡田はどこからかふらりとやってきた。以来、店のまわし方ががらりと変わっていった。コーヒーも料理も岡田の出すもののほうがはるかにうまい。にわかに肩の荷がおりた兼定は、なかば隠居同然の気持ちになった。

兼定は毎日、開店前の十一時にやって来る。店はいつもきれいで掃除の必要がなかった。とりわけカウンターの内側は岡田がすみずみまで磨きあげている。兼定は岡田にただひとつ、トイレはおれの仕事だから、と言って手を出させなかった。開店前にトイレの掃除をすると、最後に花を活けておく。片手でととのえられるくらいのひかえめな量でも、花があるとトイレを乱暴につかう客が減るとわかって、いつも欠かさないようにしていた。花は何日かおきに、店に出る前に買ってくる。兼定は花が好きだった。トイレにはピンクと白の可憐なクルクマを活けた。カウンターの一番奥にある壁際の大きい花瓶には、白い百合を投げ入れるように挿した。反りかえる白い花が控えめなスポットライトを受けて、なまめかしい。

岡田は十年も二十年も前から店にいるような落ち着いた顔をしている。

岡田の手の動きは軽快だった。レコードプレーヤーのアームやコーヒーミル、包丁や蛇口やキッチンタオルを無駄のない手つきでつぎつぎとバトンするように扱い、滞る瞬間がない。なにかを片付けながら、なにかを始めている。しかも動きが騒々しくないから、客の目を引くとすればコーヒーを淹れるとき、レコード棚からレコードジャケットを引きだすとき、くらいだろう。澱みない器用な仕草が板についている岡田を見るたび、兼定は頭のなかで、もてるやろな、とつぶやく。なぜか関西弁だが、声にだしたことはない。

「オーブフ」のレコードを岡田が管理するようになってから、ビッグバンドをバックにしたヴォーカルものがじわじわと増えていった。岡田は盆と暮れにある一週間休みを利用して、ときどき大阪や神戸まで足をのばす。生まれ故郷は東京らしいが、一度も帰った様子はない。神戸にある懇意の中古レコード店で古いLPを安く買い集めてくる。無口な岡田は明るくスウィングする歌と演奏が好みらしい。しかし「オーブフ」はモダンジャズの店、という遠慮からか、自分の好きなアルバムは客の途絶えたときや閉店後の掃除をしながらと決めている節がある。ビッグバンドもモダンジャズだろうと兼定は思っているが、それを口にしたことはない。

五〇年代から六〇年代にかけてのビッグバンドには、兼定にも懐かしいアルバムがたくさんある。当時、新品の輸入盤は給料の四分の一くらいの値段がして、とても手が届かなかった。ジャズ喫茶に行って一杯五十円のコーヒーで聴くのが楽しみだった。そんな話もすればいいのかもしれないが、岡田は困ったように「そうですか」と言うのがせいぜいだろう。東京で暮らし、保険の営業で食いつないでいた時代だった。都心はどこもかしこも工事中で、埃っぽい街を歩きながらスウィングする曲を鼻歌で歌った。

以前より女性客の姿がふえた気がするのは、岡田に好感を抱く客が少なからずいるからだろうと兼定は思っている。だからどうということもなく、女性客にひっぱられ、岡田がここからいなくなることにならない限りは、兼定には関係がない。あるいはそのようにして岡田が店を辞めることになったとしても、とめるわけにはいかないだろう。とりあえず岡田の身辺に無関心でいることは、長くはたらいてもらうための兼定なりの気遣いでもあった。

岡田はふらりと現れたのだ、つまり、ふらりと去っていくことがある、と考えたほうが自然だろう。もとより兼定には、特定の人間にしがみつく気持ちはなかった。男であろうが女であろうが、それは同じだった。

岡田がやってきたのは五年前の夏の終わりだった。

米軍放出のおおきなヨモギ色のダッフルバッグをひきずりながら、髭も髪も伸び放題の男がドアをあけて入ってきた。バッグの持ち手がドアノブに引っかかるのを見た兼定が黙って歩みより外してやったとき、ダッフルバッグの埃っぽい匂いのほかに男からほのかに漂うものがあるのに気づいた。汗とはちがう匂い。さぐりたくなる香りのようなものがそこにはふくまれていた。兼定の鼻にはおぼえのある匂いだった。

何十年かぶりにかいだ匂いは、麝香《じゃこう》にも少し似ているが、それほどはっきりしたものではない。兼定は人一倍、匂いに敏感だった。まだ東京にいた頃、小さなカウンターバーで雇われていた女性と短いあいだ関係があった。彼女のつけていた香水の匂いが脈絡もなく鼻腔によみがえることがある。彼女にはもうなんの執着もないが、ほかでかいだことのない匂いを鼻が覚えていて、懐かしいと感じる。岡田の匂いにもおぼえがあった。

喉が渇いたせいか、久しぶりに口をひらいたせいなのか、カウンター席の奥に座った岡田はかすれた声でアイスコーヒーを注文した。「アイス」が聞き取りにくかったので兼定は「ホットじゃなくてアイス」と念を押し、岡田は「アイスです」と言って少し頭をさげた。

ステンレス製のミルクピッチャーにたっぷりと注がれた牛乳が目の前に置かれると、岡田はしばらくじっと見ていた。口元にはこぶと匂いをかぎ、そのまま躊躇なく氷の浮かぶコーヒーになみなみと注ぎいれた。ガムシロップも半分いれ、ひとしきりかきまわしたストローを引き抜いてからグラスに口をつけた。ふくむようにして一口飲む。二口目からは息つぎもなく最後まで一気に飲み干した。一連の動作を兼定はカウンターの作業をしながら目の端でとらえていた。飲み干す岡田の喉を見て、馬のようだとおもった。

それきりグラスには触れようともせずに、うしろの壁の柱の部分に背をもたせかけ目をつぶった。レコードのリクエストもしない。兼定はピアノソロのレコードを選んで、少しだけボリュームを下げた。岡田は深くなったり浅くなったりする眠りに身をまかせていた。座ったまま眠るのに慣れているらしいと兼定は気づいた。兼定も昔、座ったまま眠るしかない日々を経験した。座って眠っていると頭のどこかはつねに醒めている。眠っている猫の耳が音のするほうに動くのと同じだ。グラスの氷が音を立てる。水滴が分厚い紙のコースターを円状にふやかしてゆく。

いったん客がいなくなったタイミングで、兼定は岡田に声をかけた。おそらく目は覚めている。ただ目をつぶっているだけだ。遠慮と気安さをあわせた調子で、「もしもーし」と兼定は言った。岡田は身じろぎもしない。兼定はかまわずにつづけた。「……なにか食べますか？　いま自分用にレタスチャーハンつくるんだけど」岡田の耳は起きていた。顔を動かさなくてもそれはわかる。座って目をつぶっている人間が起きているか、ただ眠っているか、あるいは死んでいるかを見分けるのはたやすいことだった。声をかけると飛び起きたりしないところは好ましい。でも少し面倒なやつかもしれない。

三人前のチャーハンのおよそ二人前を岡田は食べた。がつがつむさぼるのではなく、修僧のように背筋をのばして黙々と口を動かした。兼定がはやばやと食べ終わるのに目もくれず、スプーンを口に運び、音も立てずゆっくり食べた。小皿にいれて出した梅干し二つはすぐに種になってしまったので、三つ足した。フライパンの残りを勧めると、遠慮せず皿に盛られるまま、きれいに平らげた。小皿のうえには果肉を失った坊主頭の梅干しの種が五つ、円陣を組んで並んだ。

客のいなくなったテーブルを拭いていると、ごちそうさまでした、と岡田は言い、かるく頭をさげ、失礼しますと言いながらカウンターの内側に入ると、自分の皿とスプーンを手際よく洗った。一連の動作が自然だったので、兼定はなにも言わず岡田にまかせた。岡田が目の前を通るとき、また甘いような匂いが鼻をかすめた。

「歩いてすぐのところに銭湯がある。気持ちいいよ。温泉だし海も見える。荷物はここにおいて、さっぱりしてくればいい」

兼定はカウンターの背後にある狭い木の階段をあがると、二階に置いてあった着替え用のTシャツとトランクス、タオルをとってきて、岡田に渡した。「これ新品だから。気にしないで使って。さしあげます」東京のホテルから持ち帰った歯ブラシセットも渡そうとすると「ありがとうございます、歯ブラシはあります、助かります」と言った。兼定は鉛筆で簡単な地図を描いて手渡した。

入ってきた常連客がふたりのやりとりを黙って見ながら席につく。

アイスコーヒーだけでいいからと言われた岡田は、それだけを支払い、荷物を店の隅に置いて銭湯にいった。

この男はしばらくここにいることになるのでは、と兼定のなかで呟く声がした。

「誰やったっけ？」とカウンターの常連客が兼定に訊く。

「ああ……ここで働くかもしれん」とだけ兼定は答えた。

しばらくして岡田は店に帰ってきた。店にはまた客が増えていた。

「いい湯でした」

岡田からは石鹼の匂いだけでなく、あの甘い匂いもわずかながら漂っている。銭湯からもどってきても、ことば数は少ないままだった。兼定はなんの確証もなく、この不意の来訪者を、長らく届いたことのない良い知らせのように感じはじめていた。兼定は悪い知らせには慣れていた。敏感でもあった。

岡田はそれから兼定に場所を教えてもらい、ダッフルバッグをかついでコインランドリーに行った。

コインランドリーから帰ってくると、あたりまえのように皿洗いをはじめた。はたらくことに慣れているようだった。しかし、髪の長さからすれば半年くらいは仕事から離れ、放浪していたのではあるまいか。

店には常連の客がつぎつぎに現れたが、見たことのない若い男がカウンターの内側で手伝っているのに、誰なのか訊いてくる者はいなかった。それだけ岡田が店に馴染んで見えたのかもしれない。岡田の側にも、関西の人間にはない、ガードする気配があった。冗談で煙に巻くのではなく、質問を受けつけないバリアのようなもの。磨き上げられたバリアの曲面に貼りつこうとしても、その場かぎりの好奇心では滑りおちるしかない。

兼定は岡田に「今日、泊まる場所は？」と訊いておいた。

「とくにありません」と岡田は答えた。

岡田が銭湯にいっているあいだ、常連客のひとりに店番を頼み、銭湯の反対側へ歩いて五分の、自分が所有するアパートに行った。空き部屋の鍵をあけ、窓を開け放った。「オーブフ」からコップや皿、茶碗、スプーン、フォーク、包丁、割り箸も運んだ。トイレットペーパーもひとつ置いた。いそいそと準備している自分を少しおかしいのではないかと疑いながら、同情や詮索は何の役にも立たない、無条件の手助けが必要なときがある、と誰にむかって呟くでもない気持ちになっていた。

閉店時間になり客がはけてから、兼定は「オーブフ」の二階にある座布団や枕を下ろして、岡田に渡した。店で余った食材やホットドッグ用のコッペパンも一袋手渡した。

次の日、昼すぎにあらわれた岡田は、すっかり髭を剃っていた。

日に焼けた顔から髭が消えると、三十歳には届いていない若い表情がむき出しになった。

自分でもその変化をわかっているのか、昨日よりも少しまぶしそうな目と、身の置きどころのないような表情をしている。

「岡田といいます。きのう言いそびれて」

岡田の目は澄んでいる。充血のない白目は青味を帯びてつやつや光っていた。同じような目の持ち主を兼定はかつて、同じような近さで日常的に見ていた。

「オレは、サナイ、カネサダ。自分でも早口じゃ言えない。佐藤栄作の佐に、内は内ゲバの内。兼高かおるの兼に阿部定の定。兼定だ。仰々しい名前だけど、先祖に武将や侍はいない」

兼定は笑ってもらおうとして言ったが、うまくいかなかった。兼定の自己紹介に戸惑った顔で岡田は言う。「下の名前は重いに平和の和で、シゲカズです」

手短に説明するだけで岡田は要点を飲みこみ、迷わず手を動かす。コーヒーはすぐにまかせられるようになった。オムライスですか、できます、と呟くように言うのでつくってもらうと、玉ねぎのみじん切りは手早く丁寧、フライパンの返しも手慣れたものだった。兼定がつくるよりうまそうな匂いのするオムライスは、遅い昼ごはんになった。

レコードの扱いも丁寧だった。さりげない仕草や低めの穏やかな声もふくめて、兼定が好ましいと感じるものが岡田にはすべてそなわっていた。喫茶店や軽食堂で働いていたことがあるのはまちがいない。だが、経験があれば誰でも岡田のようになれるわけではない。こればかりはセンスだと兼定は知っている。どこでなにをしていたか、岡田の前職や過去について尋ねるつもりは毛頭なかった。岡田が身につけたものが、岡田自身を助けている、そういうことだ。兼定が岡田を助けているわけではない。

岡田は長い髪を後ろで束ね、爪もきれいに切り揃えていた。

昨日ころがりこんだとは思えない様子で岡田ははたらきはじめた。

立ち働く岡田の横顔をなにげなく見ていたら、背後から誰かに囁かれたように頭のなかでことばが聞こえた。それは、岡田は人を殺していない、という奇妙な断定だった。兼定は自分のなかに聞こえた不意の声を疑った。不意の声は部屋を間違えて入ってきたホテルの客のように、自分が招いた事態に驚いて一瞬身をすくめると、すぐさま背を向けて出ていった。そして二度ともどってはこなかった。しかし、そのい客はなぜ兼定の部屋の鍵を持っていて、突然入ってくることになったのか。

囁かれなくてもそんなことはわかっている。

人を殺したら、殺した側にも消えない衝撃と感覚が残る。それは、手を滑らせて落とせば足の甲が砕けるほどの鋼鉄の球を、丸呑みするようなものなのだ。それがからだから出てゆくことはない。重量を保ったまま二度と消えない。人を殺すとは、そういうことだ。岡田の目に暗がりはある。あるけれど、岡田は人を殺してはいない。

五年のあいだいっしょに「オーブフ」で働きながら、ふたりの会話の内容と量は、最小限のまま変化なく繰りかえされた。しかし同じ場所で仕事をつづけていると、ことばではないやりとりの信頼が育つ。もちろん信頼ばかりが育つとはかぎらない。近すぎるあまり、不信の種がこぼれ、やがて芽吹いてしまうこともあるだろう。兼定と岡田のあいだには、そのような種が蒔かれ、芽吹く様子はない。お互いを信頼しながら変わらず距離をおいたまま、ただ時間だけが過ぎていた。

「オーブフ」に現れたときの、土埃と汗にまみれた面影はもうどこにもない。土や汗とは別に、岡田から漂っていた甘い匂いも完全に消えたわけではないが、ほとんど薄れてしまった。しかし飲屋街のバーで深酒をした翌日――定休日の翌日だから月曜日の朝――、二日酔いの気配のまわりに、かすかにあの匂いを感じることがある。さぐるつもりはないのに、兼定の鼻は敏感に嗅ぎつける。

あきらかなのは、岡田には人に受け入れられたいという態度がないことだった。それなのに、女ばかりでなく男たちも引き寄せた。「オーブフ」の客はこの五年のあいだに微妙に変化していた。ジャズだけでなく店じたいに惹かれてやってくる、つまり岡田のやっている「オーブフ」が気になるらしい。一時間くらいかけて車でやってくる客も、わざわざ大阪からやってくる客もいた。高台にあるホテルの支配人がバーテンダーとして引きぬこうとしたこともある。一時は店に来るたび、「ここが嫌になったらいつでもうちにおいで」と挨拶がわりのように言っていた。冗談めかしてはいたが、兼定よりひとまわり年下の支配人はおそらく本気だった。「バーは大事。とりわけバーテンダー。ホテルの格はバーテンダーで変わるから」と繰りかえし言った。岡田は「ありがとうございます」とだけ言い、話はその先に進まなかった。

兼定は岡田に干渉しない。女性関係にも関知しない。もちろん相手はいるだろう。店にときどき顔を出す女性客のうち、誰かひとりがそうなのかもしれないと感じることはある。たしかめるつもりはないし、女性客の様子を観察することもない。

ある日、スーパーで買い物をしていたとき、近所の電器屋の奥さんがわざわざ近づいてきて、「あんたんとこのバーテンさん、アパートの部屋に女がきとるよ」と声をひそめて言ってきた。「そうかそうか」と兼定は大きな声、笑顔で答えた。「ややこしいことにならんとええなあ」兼定の能天気な声に電器屋の奥さんはやる気を削がれたようだった。

岡田の住むアパートを「社員寮」と称することにして、家賃はとらなかった。月末の給料袋から、前月分のガス、電気、水道代だけ差し引き、明細とともに渡した。岡田からそうしてほしいと頼まれたのだ。給料袋を手渡しながら、「薄給で申し訳ない」と言うことも、「辞めたくなったら、早めに言ってくれよ」と言うこともあった。岡田は両手で給料を受け取り「ありがとうございます」と礼儀ただしく言う。「はい」とだけ言って兼定をまっすぐ見て笑顔になるときもある。あまり笑わない男の、この笑顔に惹きつけられない人間はいないだろう。兼定は見るたびにおもう。

兼定には配偶者も子どももいない。店はもちろん、自分のわずかな預金もふくめ、死んだらそっくり岡田に渡せばいい。兼定はあたりまえのように考えていた。

そう思うようになったのは、去年の冬からだ。めずらしく冷えこんだ日の朝、布団のなかで目を覚ますと、自分の鼻や耳を冷たく感じた。乾いた空気のなかで、岡田の目に似ている男の記憶が兼定の奥深くから浮かびあがった。なるべく覗きこまないようにしている記憶のなかに、その男は変わらずそこにいた。男はなにも変わっていなかった。煤と垢で黒ずんだ顔をしていた。きれいな目をしていた。岡田とおなじように寡黙だった。雪を踏みしめる自分たちの足音と息づかいしか聞こえない森で、キツツキを見かけると、その姿を熱心に目で追っていた。男はある日、シャッターをおろすように死んでしまった。

3

九人きょうだいの末っ子だった兼定は、法事にはなるべく出向くようにしていたものの、もとより親族との交流を好んでいるわけではなかった。法事のほか東京に足を運ぶとすれば、大阪公演のないジャズのコンサートに出かけたり、銀座の馴染みの店で衣服を新調したり、友人の葬儀に参列したりといった個人的な用件に限られていた。ところが所用にかこつけ、長兄の息子、つまり甥の浩一の家には事前に電話をかけてから立ち寄って、お茶を飲みながらしばらく独演会のように軽口を叩いたと思うと、泊まることもなくじゃあなと帰ってゆく。その程度の、吹き抜ける風のような来訪だったから、浩一の家も負担に感じてはいなかったただろう。

兼定が育った場所に、浩一の家はある。しかし木造だった平屋の家はとうに建て替えられ、灰色のモルタル二階建ての家に変わっていた。近隣の眺めも変わった。変わらないのは道幅や路地の位置くらいのもので、一軒家だった敷地にはいつの間にか建て売りの家が四つも五つも肩を寄せ合っている。猫や犬が出入りする生垣はもうどこにも見あたらない。電柱は木製ではなくコンクリート製になり、濃い鼠色の泥を溜めこむドブには蓋がかぶせられた。

兼定が子どものころ見あげていたヒマラヤ杉も、いつのまにか庭から姿を消し、おおきく立派だったドウダンツツジは刈り込まれて小さくなった。冠木門《かぶきもん》を通って庭の西側を横切り、玄関までつづいていた飛び石もない。玄関の位置も南向きから北向きにかわっていた。

平屋だった時代の佐内家が懐かしいかといえば、それはちがう。もう二度とここには来ないと決心したときもあったのだ。なんの縁もない土地に移り住むことになったのは、ここを出ようと決めてのことだった。父親ほどの歳の差がある長兄の鍬太郎は、兼定が遠く離れた海沿いの町で暮らすことになったとき、やっかい払いができたとほっとしたはずだ。

砂里浜に昔からの知り合いがいて、仕事を紹介してもらうことになった、と兼定は嘘をついた。知り合いなどいない。砂里浜には復員後、誰に頼まれたのでもない用件を果たしに、一度ひとりで旅をしただけだった。温泉街らしい、のんびりした空気と海の眺めがまぶしく、こういう風景のなかに生まれて育つ人生を自分は知らないとおもった。

町のどこからでも、少し歩けば海が見えた。東京はもちろん、大阪からも遠い。東京にもどる列車を待つあいだに、いつかここに住もうと兼定は決めた。白く丸い、ちょうど手のひらにおさまる石を浜辺で拾い、東京に持ち帰った。

太平洋沿岸の砂里浜に並ぶ近隣の町や村には、アメリカへの移民を送り出した地域が何ヶ所かある。太平洋の向こう側、隣国はアメリカという空想の地図がふくらんだ。兼定よりははるかに若い青年が、ヨットで西宮を出発し、砂里浜の沖合を抜けて太平洋に出て、それから三ヶ月後にはサンフランシスコにたどりついた。兼定は金を貯め、いずれ船でアメリカに渡ろうと真剣におもい描いた。まずは西海岸のサンフランシスコでしばらく働き、いつの日かニューヨークに移り住む。一ドル三六〇円でそろばんを弾くと、兼定の貯金では一、二ヶ月持ちこたえるのがせいぜいで、仕事が見つからなければたちまち路頭に迷うとわかった。郵便貯金の残高を、たびたび三六〇円で割ってみる癖がついた。

自分ひとり食べていくのであれば、どこで暮らそうともなんとかなるだろう。砂里浜でうまくいかないようなら、神戸の周辺に移ってみてもいい。親族から離れることのほかに、海の見える町、坂のある町であることが、兼定のひそかな条件であり願望だった。

砂里浜にたどりつき、安いアパートを見つけ、保険会社の営業所に履歴書を出すと、あっけなく採用された。営業経験があること、滑舌のよさ、如才ない人柄はすぐに所長の気に入ったようだった。半年後には所内で一、二を争う成約数をあげるようになった。

「こっちに来たのは運がよかった。あっちに行っとったら、堅くて真面目でなんぼ、あんたは軽すぎる――言われとったわ」と所長は得意げに言った。ライバル社を「あっち」で済ませ、まちがっても社名は口にしない。「あっち」は一般家庭の主婦を相手にしている。「こっち」は小売業や工場、飲食店など、中小企業のオーナーやそこで働く従業員に重点を置き、お茶の時間など気のはらない時間帯をねらって、煎餅やお菓子、あたらしい銘柄のタバコなどを手土産に保険の内容を聞いてもらった。それが所長の開拓した方法だった。温泉街だから小さな店には事欠かない。そのようにして「あっち」と「こっち」は棲み分けができていた。のちに「オーブフ」を開店するために格安で購入することになるカウンターバーのオーナーも、兼定が飛び込みで営業をして、契約にこぎつけたひとりだった。その後、オーナーが病気になり、店を維持することがむずかしくなるとは予想もしていなかったが、保険が役に立つことになり、感謝された。

　砂里浜での生活が安定すると、東京の親類とはみるみるうちに疎遠になった。ただ、年賀状だけはかならず出した。法事にも出席した。一族の誰かが他界すると――その知らせは鍬太郎からではなく長姉の菊枝から届いた――骨をひろいに出かけた。そうしたことをつづけたのは、自分は敗走したのではなくみずから距離をおいたのだと、誰に言うでもなく自分に確認するためだった。

　昔の兼定を知る人々、兼定が遠ざかるきっかけをつくった兄姉親族がぽつりぽつりとこの世から旅立つにつれ、事情をあまり知らない甥や姪たちが、たまに現れると冗談ばかり言う兼定をおもしろがり、なんのこだわりもない笑顔を向けてくるようになった。

長兄の鍬太郎と長姉の菊枝が、年末年始をはさんであいついで亡くなったのは、保険会社を退職し、貯めた資金で開いた「オーブフ」に常連客がつくようになり、同時に購入したアパートにも借家人が入り、これでやっていけると目処がついたころのことだった。

兄、姉、それぞれの葬儀は、兼定を神妙なこころ持ちにさせた。告別式を終えて火葬場に行き、鍬太郎の骨が白い骨壺におさまり、その蓋がされたとき、焼かれて骨になるのは清めでもあるのだと勝手に腑に落ちた。生きているあいだに抱えこんだ悪意や邪念、不徳のたぐいを最後にまとめて焼き払う。それは何も本人が抱えてきたものばかりではない。他人が鍬太郎に抱いた悪意や邪念もふくまれるのではないか。それらのすべてをまずはこの世で焼き払い、お仕舞いにする。火葬には防疫、衛生上の利点があるが、それよりも、生死を境になにかを清算してしまおうとする人間の思い切りのいい知恵なのだ。兼定はそう考えた。土にそのまま埋めるのでは、清められない。なにもかも残されたままになる。その畏れを火に変えて、死んだ者を灰になるまで焼くことにしたのではないか。

鍬太郎の告別式の前日、通夜から帰ってきた晩に、兼定はホテルのベッドで夢を見た。防寒長靴《カートンキ》をはいた兼定は雪に覆われた大地を円匙《えんぴ》で掘っている。手袋の内側のわずかな湿り気も見逃さず凍らせてしまう冷気が、兼定のなかに浸み入ってくる。雪をかいてゆくうちに黒い凍土が現れる。円匙を突き立てた凍土はあっけないほど軟らかく、まるで日本の土のようだ。どうしてこんなに軟らかいのかと疑いながら掘りすすめてゆく。懐かしい土の匂い。掘った土は穴のまわりに積みあげる。深さが自分の背丈ほどになるのを待っていたかのように、背後の穴のうえから「いいだろう」と声がする。ふりかえると逆光のなかに大柄な男が立っている。黒いシルエットになっていて顔は見えない。男はうしろにいる複数の男の手を借りながら、ロープでくくられた大きな袋、死体が入っているとすぐにわかる袋を、有無を言わせず穴のなかへと降ろしはじめる。穴は三、四人が立てばいっぱいになる直径しかない。兼定は黒い土の壁に背を押しつけ、目の前を降りてくる麻袋を見ている。袋が穴の底に届くと、その上部から死体の頭頂部が見える。日本人の黒い髪のうえを白い雪がみるみるうちに覆ってゆく。袋をしばっていた太い麻縄が手放され、どさりと落ちてくる。その拍子に袋の上部がめくれ、死体の額がむきだしになる。眉毛の上におおきな黒子《ほくろ》がある。額のかたちも額の皺も知っている。黒い土の穴のなかは外気よりはるかにあたたかかったが、袋の死体も麻袋も氷のかたまりのように冷たいと気づく。兼定は声にならない叫び声をあげ、叫んでも声の出ないおそろしさにまた声をあげた。円匙を穴の外へと放りだし、冷たくかたい麻袋を蹴るようにしながら穴をはいだす。穴の外に男たちはいなかった。雪原を黒く汚している土を兼定はなにかに駆り立てられるように円匙で穴へとかき落としてゆく。穴に落ちた土に、コマ送りのように霜が降りる。死体の袋のまわりが土でいっぱいになり、頭頂部だけが残った。兼定は迷わず土をかけた。頭頂部はすぐに見えなくなる。さらに小山ができるまで土をかけつづけた。小山を円匙で整えていると、遠くの地平線にちいさく黒い機関車が現れ、警笛を鳴らす。兼定をめざすように機関車は近づいてくる。真っ白な大量の煙。あの機関車に乗れば、ここから逃げ出すことができる。兼定は円匙をつよく左手につかんだまま、十メートルほど離れた線路に向かって走り出す。雪に足をとられ、なかなか前へ進まない。右手を振り、叫ぶ。乗せてくれ、と叫んでいるはずなのに、うわうわうわとことばにならない。機関車はじょじょにスピードをゆるめる。兼定に気づいているのはあきらかだ。雪でバランスを失って倒れそうになり、腕ばかり無闇に振りながら、うわうわうわとうわずる声をおおきくあげたとたん、機関車はふたたび速度をあげ、兼定を乗せる気配をすっかり消して、目の前を通り過ぎてゆく。貨車と思われた黒い車体には見覚えのある小さな窓がついている。鉄格子がはめられた小さな窓の向こうには生気を失った顔がひしめきあって並んでいる。どの車両にも兼定をうつろに見る目の並んだ窓がある。列車は凍てつく金属音と振動を残し、ふたたび絶望的に小さくなり、煙だけがたなびいて見えなくなる。兼定の爪先に、手指の先に痛いほどの冷気がしみてくる。

目が覚めるとホテルの暗い部屋に、わずかな白い光が差していた。カーテンを引いた窓の隙間から入ってくるのは明け方の光だった。

　夢の余韻を引きずりながら兼定は鍬太郎の告別式に参列した。夢について話す相手はどこにもいなかった。三ヶ月後には兄についてゆくように急死する長姉の菊枝が、出棺の前に親族代表として挨拶した。鍬太郎の妻は熱をだして寝込んでおり、長男の浩一も盲腸で入院中だった。菊枝の菊枝たるトレードマーク、はりのあるよく通る声はすっかり影をひそめ、かぼそくしわがれ老いていた。菊枝の喪服の黒が機関車の黒のように冬の光を吸いこみ、呼吸にあわせてかすかに動いた。

　鍬太郎が茶毘《だび》に付されるあいだの待ち時間、控室に集まった親族ははじめて緊張を解いた。兼定が軽口をたたけば、笑い声さえ上がった。菊枝は妹と話しながら笑みを浮かべていた。屈託のない顔で話しながら、口にしないことを錘《おもり》のようにかかえているのは兼定だった。

　真面目くさった親族の前で、ふだんも気楽に機嫌よく話すようになったのは、こうして相次いで鍬太郎と菊枝が亡くなってからだった。もはやなんのこだわりもないとばかりに遠慮なく冗談を言った。きょうだいから離れることになった出来事を忘れたわけではない。記憶を呼び覚ます力が弱くなり、気がつけばおのずと潮が引いていたのだ。平らかになった浜は広く、鈍く光っている。ところどころに丸みをおびた小さな石が残されている。兼定の足を引きずりこみ、呑みこもうとする海は、もうここまで押し寄せてはこない。それでも濡れた砂を踏めば、足のかたちに柔らかく沈み、引いたはずの海水がにじんでくる。あやういバランスのうえにある平穏だった。

上京する際の宿泊先は日比谷の帝国ホテルと決めていた。ホテルの名前への違和感もすでに消えている。

贅沢なのは承知の上だったが、絨毯のうえを革靴で歩く感触は、砂里浜でも浩一の家でも味わえないものだった。どんな靴をはいて、どこをどう歩くのか。歩かされるのではなく、自分の意志で歩く。そのありがたさを兼定は誰よりも知っていた。自分の選んだ革靴で、どこまでもフラットでゆるぎない、それでいて柔らかなホテルのロビーを歩く感覚は、兼定にとって特別な意味があった。

東京に足を運べば、ここが自分の生まれ故郷、ここで育ったのだという気持ちが甦える。しかし、街を歩き、山手線や総武線に揺られるたび、あたりの空気をよそよそしく感じるようにもなっていた。このよそよそしさこそ東京だとわかってはいても、肩をぶつけ、背中を押し、舌打ちをする人間が自分のからだに触れてくるのは耐えがたい。砂里浜は人と人とのあいだに距離がある。見知らぬ者どうしが、長い時間、からだを接していなければならない場所は砂里浜にはない。

駅で乗り換えるとき、あの異様なほどの速度でぶつからずに行きかう人々に混じっていると、見えないおおきな生き物に呑みこまれ、咀嚼されながら歩いているような感じがしてくる。そのうち、自分と他人の考えにどれほどの違いがあるのかわからなくなる。やるべきこと、空腹、心配ごと、今日のニュース、財布の中身、天気予報……。「今日ここで殺されるかもしれない」とおびえている人はたぶんいない。

隊列を組み、零下二十度の雪道を歩いていたとき、自分たちはひとつのかたまりのように整列していた。整列した行進だけが許された。それでもひとりひとりの意識はバラバラだった。何を考えているのかわからない個人が並んでいた。生きるか死ぬかの境目に自分がいると感じているのはおそらくみな同じだった。生死の境目に落ちそうになったとき、助けてくれる仲間はいない。誰もが自分が生きることだけでぎりぎりの縁にしがみついていた。整然と隊列を組んでいても、誰にも手を触れさせまいとするつよい意志がなければ、ふいに列から弾きだされ、こぼれ落ち、そのまま死ぬかもしれなかった。生き延びるとはそういうことだ。たとえ同じ俘虜《ふりよ》と背中合わせで眠らざるをえないとしても、オレニフレルナと一晩じゅう念じていた。

兼定は東京の生家を離れるとき、「唯の人が作った人の世」から抜け出して、「人でなしの国」に行こうと願ったわけではない。ひとり東京を離れること、その距離だけが必要だった。砂里浜も唯の人が作った人の世であるのは同じだ。東京から完全に離れること、つまり二度と帰らないというわけにはいかない。佐内という苗字を捨てられるわけでもない。生きているかぎり、自分のからだから抜け出すことができないのと同じことだ。

甥の浩一が「息子をしばらく預かってもらえないか」と言ってよこしたのは、たとえなにがしかの面倒があるにしても、同じ川の流れにあなたの棹をさしてはもらえないか、という意味だろう。枝分かれしたはずの川がまたひとつの川に合流しようとしている——とまでは考えなかったが、遠くに離れたはずの川の音がまた聞こえてくる気がした。記憶に残る水量と速度。

家系図でいえば長兄の親族のいちばん下の端に、小猿のようにぶらさがっているのが高校生の薫だった。夏のあいだ砂里浜に滞在したいという薫の希望を聞かされて、兼定が断る理由は見当たらない。しかしあの線の細い、とりたてて目立つところのない高校生がわざわざそうしたいと言っているとは、いったいどうしたことだろう。兼定を悪《にく》からず思っていなければ、こんなところを訪ねようとはしないだろう。砂里浜はありふれた観光地で、あるのは温泉と海だけだ。海は別としても、男子高校生がたのしいと感じる特別な要素があるとは思えない。そのことが意外で、不思議でもあった。音楽が好きらしいのは知っている。聴いているのはロック中心のはずだが、ジャズも好きだと言っていたのは一昨年の法事のときだったか。誰が好きなのかを訊くと、恥ずかしいのか、マイルス・デイヴィスとかコルトレーンとか、とおざなりなことを言うだけで、それ以上は口をつぐんだ。ピアノやビブラフォンも好きらしい。ビル・エヴァンス？　はい。ミルト・ジャクソン？　ええ。音楽の好みを訊かれて答えに窮する気持ちはわかる。ヤボな質問だったと兼定は自省した。音楽なのだから四の五の言わずに勝手に聴けばいい。

とはいえ、いまの男子高校生が考えていることなど想像もつかない。若い男が行き場のない欲望をもてあましている、くらいはわかっている。そんなことは訊くまでもない。

小学校からだけでも十年以上、朝から夕方まで学校に閉じ込められ、同じ教室、同じ机、同じ椅子に座って、ほとんどおもしろくもない授業を聞かされ、テストを受け、成績をつけられる。学校教育にこれほどの時間がかけられているのは、勉強だけが目的ではないからだ。素行だ道徳だと、学校が人間形成をすると言わんばかりなのも、都合のいい人間をひとりでも多く揃えたいだけだろう。教科書に書いてあることなど一夜にしてひっくりかえる。そのうえ大学受験のため予備校に通い、毎日深夜まで勉強とは、いったいどんな呪いをかけられているのかと不憫に思う。

昔は若いうちに結婚して、八人も九人も子どもが生まれたが、そのうち一人、二人は幼いうちに死んでしまった。いまはせいぜい二、三人で、病死することも滅多にない。子どもが少なくなると、親に放っておかれる気楽さが減るだろう。かまわれるばかりで、勝手に大人になる隙もない。

男がどう大人になるのかは、いつの間にか、としか言いようがない。若いときの満たされない欲望が、いったいどれほどのものだったか、自分のこととして実感するには歳をとりすぎた。いや、それでは嘘になるかもしれない。兼定のような歳になっても、冷蔵庫の奥に忘れられた干物程度にその苦しさはある。年齢や経験で物事を単純化しがちなのは、年寄りの悪癖だ。「さんざん遊んで免疫をつければいい」――そんな乱暴な言いぐさが通用する時代ではないこともわかっている。まあ、あとは自分でなんとかしてもらうしかない。

あの性格なら極端なことはしないし、できもしないだろう。アパートには空き部屋がまだあった。岡田と同じく一階の風呂つきの部屋で寝起きさせれば、岡田もそれなりに気を配ってくれるはずだ。道端を歩く犬や猫を見かけると、岡田はかならずしゃがみこみ、あわよくば手なずけようとする。男子高校生など若い犬みたいなものだ。扱いに困り、もてあますこともないだろう。

浩一は妙に杓子定規なセリフで、自分の息子についてくどくど説明をつづけた……おとなしいんだか頑固なんだか、少ししちめんどくさいところがありますが、ご迷惑はおかけしないと思うので――兼定があまり反応しないでいると、かえって平身低頭の態度が色濃くなってくる。それもまたわずらわしい。兼定の判断のもとになっているのは、薫が自分で希望している、という一点だった。それなら、来ればいい。それだけのことだ。

「面倒は見れへんけどな。風呂もあるし布団もある。昼と夜は店に来てくれたら給餌はできる……キュウジやキュウジ。えさやり……ただ朝は自炊してもらわんとな。使ってないトースターとヤカンはある。炊飯器はないで。皿や箸はいくらでもある……まあしゃあないな、仔犬飼うより手間がかかるやもしれんけど」

生真面目な甥、浩一は受話器の向こうで絶句している。兼定はその沈黙をただ受け流し、壁掛けのカレンダーを見て「ひと夏」の長さを目測した。薫にはたぶん長いのだろうが、自分にはあっという間の「ひと夏」だろう。一週間が十回もない。

「いつ来てもろてもかまへんから」

あやしい関西弁で喋るのは意識してのことだった。親族と話すとき、いつもは関西弁を使わない。日常的にもあまり話さない。岡田も兼定が関西弁をしゃべるのをたまにしか聞いたことがない。

「すみません……いや、あの、ありがとうございます」

受話器の向こうの浩一の硬い声を聞きながら兼定は、まあ嚙んだりしませんから鎖につながなくても大丈夫です、「お手」はできませんけど——くらい返せないものかと焦れったくおもう。しかし東京者にそんなセリフが言えるはずもない。ながらく関西圏で暮らしていると東京の人間をつくづくつまらなく感じる。「洗濯、掃除、買い物はやってもらわんと。やる気があれば、店を手伝ってくれてもええ。海と温泉しかない町やから、すぐにあきるやろうけど」

4

薫は到着した日の翌日から、店の手伝いをそこそこなしたが、皿洗いも掃除も慣れるまでちょっと時間がかかった。家でも手伝っていたのだが、扱いなれない皿やカップ、フォークやスプーンがなかなか手に馴染まなかった。

いちばんとまどったのは客への応対だった。緊張はもちろんする。注文をとるのは思っていたほど怖くなかった。ところが食事とドリンクのオーダーが同時に四つ以上まとまると、どれかひとつを忘れてしまう。「オーブフ」では注文票を使わない。メニューに書かれてある食べものや飲みものに、さほど種類があるわけではないから、慣れれば書くまでもないということだろう。オーダーが多くなり、必死で覚えようとすればするほど頭からこぼれ落ちてゆく。

小さな店だから岡田には客の声が聞こえている。薫がオーダーを伝えにきて「……以上です」と言うと、「ピクルスもね」と岡田が顔色も変えずに補足する。「あ……そうでした。ピクルスもです」

注文票がわりにこれを使えばいい、と岡田は店の丸いコースターを差し出した。白地のコースターには、彫刻刀で彫ったような「オーブフ」という文字と、木彫画風の登山靴——だと薫はおもった——が焦げ茶色で印刷されている。「オーブフ」とはロシア語で「靴」の意味らしい。

薫は三色ボールペンの黒を使ってコースターの裏に食事のメニューを書き、表側の余白にはドリンクのメニューを書いた。オーダーを受けるたびに、そこへ小さな「正」の字を「一」「T」と書きこんでゆく。岡田に伝えたら、それを青の丸で囲う。客にサーブしたら赤の線で消す。客がくるたび、薫の胸ポケットから三色ボールペンとコースターが出たり入ったりするようになった。

閉店後の片づけと掃除を終えると、薫は朝食用の茹で卵や野菜、パンを持たされる。アパートの部屋には兼定があらかじめ用意した小さな中古の冷蔵庫があった。がらんとしたなかに牛乳とバター、オレンジジュースが入っている。昔、店で使っていたという古いトースターも借りてきた。「オーブフ」の二階で折り畳まれていた古いちゃぶ台が唯一の家具だった。厚手の白い皿やカップは店のもので、ナイフとフォーク、スプーンも家より立派で少し重い。ちゃぶ台にはまるで似つかわしくない。兼定がわざわざ神戸の店で手に入れたものらしい。

朝はひとりで畳に正座して食べ、昼は開店直前に兼定がつくるスパゲティやチャーハンをいっしょに食べる。「そのうち、つくってな」と兼定に言われると薫は黙って頷くが、自分にできるとは思っていない。ランチタイムの混雑が解消してから、遅い昼食をとることもある。そのときは岡田が手際良く準備する。夕食もおなじく岡田のつくったものを二階に運んでひとりで食べる。「どこか外で食べたければ、それでもいいから」と岡田は言うが、外に出かけたいとは思わなかった。

岡田にも兼定にもほとんど笑顔を見せず、薫はおとなしく手伝いに専念した。食べているときも黙っていた。ほんとうは着いて早々、ここへ来てよかったと薫は感じていた。緊張しながらも解放され、安堵していた。

学校がない。親もいない。家からも学校からも遠く離れている。それだけのことで気持ちが楽になる。アパートの部屋はがらんとして何もないが、「オーブフ」にくればレコードがぎっしりと棚に並んで、ずっと音楽が鳴っている。東京の家をなつかしく思うことはほとんどなかった。タロはどうしているかとときどき考える。肩のあたり、前脚や腹のあたりを熱心に舐めている黒猫のタロは避妊手術をしているので、お腹の縫合痕だけ毛が白い筋になっている。「タロの三日月」と母は言っていた。タロは薫がいなくてもなんとも思っていないだろう。

薫は音楽ならなんでも聴いた。ジャズも好きだった。しかもこんなにいい音で聴くのははじめてだった。家で聴く音とはまるでちがう。「オーブフ」のスピーカーやプレーヤー、アンプは見たことのない外国製で、しかも使いこまれて古そうに見えた。音は立体的で、楽器別にはっきり聴き取ることができた。レコードによっては、目の前で演奏しているように聞こえるものもあった。

閉店後、掃除しながら聴くビッグバンドの男性ヴォーカルが好きだった。「Be wise, be fair」で始まる「Too close for comfort」という歌がとりわけ気に入って、歌詞カードで確かめた。「Be wise」は「賢くなれ」、「be fair」とはどういう意味だろう。正直に？　堂々と？　美しく？　「Too close for comfort」は、彼女との距離が近すぎて、穏やかではいられない、という歌らしい。薫には近すぎる彼女などいなかったけれど、意味はわかる。

お客さんとのやりとりはまだ苦手だった。歌と同じで、近すぎて落ち着かない。でもそれは独り相撲なのだとわかっている。じろじろと見る客もなく、答えに窮する質問もない。緊張しながらぎこちなく手伝っている高校生に話しかけようとするのは、客ではなく、兼定の知り合いだった。近くのクリーニング店の店主が兼定の大事にしているアロハシャツの仕上がりを届けにきたとき、「カネさんの孫かいな？　それともこぼれ種？」と軽口を叩かれたが、その先に進むわけでもなく、あとは放っておかれた。

店の掃除を終えると、ライトボックスの看板――四角いだけでデザインはコースターと同じだった――を店内にしまい、ドアに鍵をかけ、岡田と薫はいっしょにアパートまで歩いて帰る。一日おきくらいに「おれはちょっと寄っていく」と岡田は言って、途中で別れた。海岸近くにある、いかにも女の人がいるバーらしい名前の「カトレア」に行くのだ。行く？と笑顔で一度だけ訊かれたが、来ない前提で訊いているのはわかっていた。「いいえ」と薫はぎこちない笑顔で言うしかない。

海辺まで行くと星がきれいだ、と岡田から聞いていた。一度アパートにもどって風呂に入り、ひとりで海辺まで歩いてみた。砂浜にはところどころに人影が感じられたが、暗いので誰がどんなふうにしているのかはよくわからない。見えない波の音は昼よりもおおきい。離れたところで誰かがタバコに火を点ける。少しして、タバコの匂いがした。

見たことがないほどの数と大きさ、明るさの星がびっしりと空をおおっていた。両手を腰にあてのけぞるようにすると、地平線や水平線の感覚が消えて、自分がどうやって立っているのかわからなくなる。頭がくらくらし、からだも拠りどころを失う。波の音だけが、薫がまだ地球にいることを伝えてくる。

　風呂で出し切れなかった空気を、波が打ち寄せる音にまぎらわせるようにして少しずつ出す。薫はあたりを見まわしたが、暗くてなにも見えない。リノリウムの床にゴムボールをこすりつけるくらいの音。人の声も気配もしなかった。今度はおおきな波の音にあわせて腹筋に力をいれ、盛大な音を立てた。お腹の圧迫がおさまってゆく。そしてもう一回。薫はふうと声にだし、それから深呼吸した。なんだか可笑しくなり、声を立てずに笑った。

　砂浜からの帰り道、岡田の立ち寄るバー「カトレア」の少し先あたりに、ふたりの人影が見えた。

　片方は岡田だった。岡田の左側にからだを寄せるように歩いているのは女性だった。薫は立ち止まって息を殺すようにした。道のかたわらに身を寄せて、姿が見えなくなったのを確かめてからふたたび歩きはじめた。

　アパートに帰りつくと岡田の部屋に明かりがついていた。とくに変わったところはない。足音を立てないようにその前を通り過ぎた。

　薫は足首のあたりに貼りついていた砂を玄関先で払って部屋にあがった。窓をあけ、布団を敷いて、ソバ殻の枕を置き、下だけパジャマに穿きかえた。上はランニングシャツ。砂里浜の夜は東京よりも涼しい。山の側の窓から風が入り、薫のうえを通り、足元の海側の窓へと抜けてゆく。見えないレールの上をすべるように、山からの風が絶え間なく、夜の暗がりから降りてくる。

　枕元においてある緑色のランプシェードのスイッチを入れる。

「オーブフ」の二階で埃をかぶっていたランプだった。「これ、バンカーズランプ」と大叔父が言った。「これ使《つこ》うたら銀行家みたいな大金持ちになるかと思ったら、ぜんぜんあかんかった。アパートで使えばいい」と持たされた。大叔父は真面目な顔になって続けた。「大金持ちになんかなる必要ないぞ。生きて食べて、眠る部屋があって、ひとりになる時間があればそれでじゅうぶん」

　天井の青白い蛍光灯を消し、夏掛けを腹のうえにのせた。部屋の天井がバンカーズランプの淡い緑色を受けている。薫はこうしてひとりでいることに自由を感じた。両足の爪先をぐいと縦に伸ばす。筋肉が伸びているのを感じる。両手をあげて伸ばす。ソバ殻の枕がきしむ。両手の甲が畳につく。あくびがでる。タロの背伸びはいつ見てもきれいだった。起き上がったあと、右前脚、左前脚と順番に前方へと伸ばし、顎も両脇も床すれすれまで低くする。尻から背中、前脚が滑り台のようなカーブを描く。

　隣の部屋で焚いているのか、蚊取り線香の匂いが鼻をかすめる。

　ひとりで眠るのは自由だ。ひとりで眠っていれば、おならもしほうだいだ。岡田のように誰かとふたりで眠るとしたら、それは自由とはちがう。自由でないとしたらなんだろう。愛？　緑の光の下で薫はひとりごとのようにおもう。自分はこうしてひとりで部屋にいて、誰にもおびやかされず横たわっている。岡田はたぶん、薫と同じように横になっているのだろうが、隣には女性がいる。岡田のように女の人と夜道を歩くとしたらと想像をふくらませることはできる。それ以上のことも想像でならいくらでもできる。でも自分でコントロールできるまぼろしの相手と、ほんものの女性とはまるで別のものだろうということくらいはわかる。わかるけどなにもわからない。わからないから妄想になってさらにふくらむ。

自分にはピンがない、と薫は思う。世の中のどこかに、自分を刺して留めておくものがない。幼稚園から小学校、中学校から高校と毎日通うことで、仮どめのピンが与えられる。体育会に入り、スポーツに明け暮れ、へとへとになれば、さらに自分をつよく留めるピンになっただろう。学校に通うのをやめてしまったらどうなるか。ピンが外れる。自分はいまどこにも留められていない。ぺらぺらした薄い紙のようだ。学校からはがれて、風にとばされ、川に落ち、そのまま海に流されて沈んでしまう。海に溶けてこなごなになる。

だからといって、自分の部屋にひとりでいつづけるのも苦しい。部屋にいたままでは自分の輪郭が曖昧になる。部屋の壁いっぱいに自分の輪郭が広がって、身動きできなくなる。他人がそこにいなければ、やがて自分が誰かがわからなくなる。気がふれる、というのはそういうことなのだろうか。

「オーブフ」にいて店を手伝っていれば、自分らしいおおきさでそこにいられる。音楽が流れ、それを聴いている耳が自分だ。昼も夜も大叔父や岡田の料理を食べている。家族ではないけれど知っている人のつくる料理を一口ずつ咀嚼する。黒い粒胡椒やバターの味。インスタントではないコーヒーの味。口からこちら側が自分だ。大叔父、岡田とのあいだに最小限の会話があって、最小限のことばで答える。返すことばが自分だ。自分の声も。

岡田が料理するのを見ていると、あの手際のよさとおいしさをどうやって身につけたのだろうとおもう。ほんとうは苦手らしい料理を母は毎日、気難しい顔でつづけていた。料理もしなければ皿も洗わない父は、母が料理が苦手だと知っているはずだ。おいしいともありがとうともめったに言わないくせに、ときどき冷蔵庫をのぞいては、あれはいつ使うんだ、これはもう期限切れじゃないかと指摘して、母に嫌がられている。

岡田のような人間に自分がなれるとは思わない。でも母や父のようにならずに生きることはできるかもしれない。薫は料理する岡田の手元を思いうかべながら眠りに落ちてゆく。

5

翌朝、岡田に教えてもらったフレンチトーストを焼いてみた。牛乳が多すぎたのか火加減をまちがえたのか、床上浸水のベッドみたいになった。

歯を磨き、昨日の出来事や天気をノートに書いた。薫は左利きだが、文字は右手で書く。歯ブラシは左手に持つ。風呂場で自分の下着、靴下を洗い、そのまま風呂場のなかに干した。水着に着替えてTシャツをかぶり、ボード型の浮き袋をふくらませて抱え、ビーチサンダルで海へ出かけた。岡田の部屋の前もふつうにサンダルの音をさせて歩いた。

すでに多くの海水浴客が集まってきていた。パラソルが何本も立っている。櫓《やぐら》の上で監視員が双眼鏡を目元にあてている。海の家から有線放送の騒々しい音楽が流れてくる。薫は監視員からも海の家からも有線放送のスピーカーからも離れたところを探しもとめて右へ右へとふらふら歩き、人との間隔がたっぷりある場所にボード型の浮き袋を置いて横たわった。目をつぶると、海の匂い、波の音、人の話し声。音を反射する壁がないせいか、近くの音は異様におおきく、遠くの音はたよりないほど小さい。

天気は晴れたり曇ったりだった。目をつぶっていても、雲に覆われているのがわかる。太陽が顔を出した瞬間もわかる。雲に覆われると海からひんやりした風が流れてくる。周囲を通りすぎる海水浴客はみな関西弁だった。「オーブフ」で聞く何倍もの話し声が耳に集まってくる。話す相手がいないのだから自分が東京の人間だと見破られることはないけれど、目をつぶったまま少しだけ身をかたくしていた。

午前中の太陽でも、肌をちりちりと焼くほど強いのがわかる。東京から持ってきた黄色いボトルのサンオイルを塗った。九月になって東京に帰るまでには、全身が黒々と日焼けするだろう、薫はそう期待していた。日焼けは薫を覆い隠してくれるはずだった。生白くない肌になった自分の姿を想像する。いま自分を変えられるとしたら、それくらいしかない気がする。

薫はカナヅチだった。

脱いだTシャツをきれいに砂浜に広げ、顔の位置にサンオイル、Tシャツの下のほうにビーチサンダルを几帳面に並べ、ボード型浮き袋を抱えて海に向かった。白い砂浜は素足に熱いほどだった。波打ち際で足元を巻きこむように流れてくる浅く透明な海水はぬるい。

サーフィンのボードにのって漕ぐように沖合に向かう。浮き袋があれば、不思議とこわくなかった。少しずつ空気が漏れてしまうとか、浮かんでいる最中になにかがぶつかってきてボードから弾き飛ばされてしまうとかいった想像より、たしかな浮力をおびたものを抱えている実感のほうがはるかにつよい。薫は妄想を抱きがちな性格だったが、実際の手や腕の感覚をたやすく信じるところもあった。

沖に出るほどまわりの人との距離が広がってゆく。遊泳できる範囲を示すブイの間際まで来て、薫はからだの向きを変えた。ボードの脇の海面をみると、コバルト色の小さな魚が泳いでいるのに気づく。この魚は自分を見にきたのだ。そう感じる。でなければ、小さなヒレを使ってホバリングしてまで、こんなにそばにとどまっている意味がわからない。しばらく見ていると、黄色や橙色の模様をつけたものがさらに二匹、どこかから現れ、薫のそばに寄ってくる。熱帯魚のような色合い。熱帯魚だろうか。薫は魚の名前をほとんど知らない。芥子粒《けしつぶ》よりさらに小さな目が見える。よく見れば口は閉じている。金魚のようにぱくぱくしていない。口もとに用心深さと先住者の威厳が感じられる。皮膚病になった人間の薄皮をついばむ魚がいるとなにかで読んだことがある。この小さな魚の口は、薫のなにかを狙っているのだろうか。どうもそうではない気がする。ただ見ているだけではないか。薫もただ海に浮かんでいるだけだ。コンチハ、と呟くように言ってみた。やがて薫も魚も、波に漂ううちにおたがいへの関心を失って、気がつけば離ればなれになっていた。

ボードを縦にして乗っていた薫は、からだを後ろへとずらすようにして、下半身だけでなく胸から下あたりまでをゆっくり海のなかに沈めていった。海水は太陽のおかげなのか海流のせいなのか、沖に出てもなまぬるい。

ボードをつかむ両腕の位置をだましだまし動かして、ボードと自分がTの字になるようにする。顔を浜辺のほうに向けてみると、百メートルくらい離れているように感じられた。まわりに距離を測る目印がないからよくわからない。もっと遠い沖にいるのかもしれない。薫はときどき思い出したように強めにバタ足をして、浜辺から離れすぎないように気をつけた。浜辺にいる人たちの声も、海の家から流れている音楽も、まだかすかに聞こえてくる。

カナヅチでも浮き袋があれば大丈夫——いつもはなにかと悲観的なのに、こうして泳げない海に浮かんでいる状態を楽観的にとらえている自分が不思議だった。砂里浜に来てから、学校に行かなくなった自分をなんとかしなければ、と考えないでいられるようになった。それはつまり、いまこうしてボードにつかまり、ただ浮かんでいることそのものだ。そう気づくと、海に浮かんでいるだけの状態をおそろしいとは思わず、ただうれしく、のびのびとした気持ちになるのだった。

足の下の深い海には得体の知れない生き物がいるのかもしれない。それを想像すると股間のあたりが縮みあがる。いっぽうでひといきに呑みこまれてしまうのなら、しかも痛かったり苦しかったりする時間があまりないのなら、それはそれでかまわない。おおきな生物の生臭くぬるっとした食道をおりていく感覚を想像するとぞっとしたが、そのときには意識を失っていればいい。気絶したまま真っ暗なあたたかい胃袋で消化される。しばらくは行方不明で捜索され、生きているのか死んでいるのかもわからずに、父や母を中途半端な絶望に留め置くことになる。死んだとはっきりわかったほうがいいとして、胃の中身が消化される前に見つけ出されなければならない。そんなことはほとんど不可能ではないか。海のなかを移動する生きた棺。骨はぷりぷりと排泄され、海のなかを漂い、海底にぱらぱらと散らばる。

薫は尿意を催していることに気がついた。

浜辺からこんなに離れているのだから、ここでしてもかまわないだろうと薫はおもう。尿意のするあたりをゆるませようとする。陸のうえにいて、目の前が小用の便器であれば、なんの苦もなく出てくるはずなのに、しっかり栓をされたようになっている。なんどゆるませようとしても、なにかがそれを阻んでいる。薫はふたたび胸をボードの上まで引きあげてみた。こちらの姿勢のほうが安定する。神妙な顔で、ふたたび尿意を解き放とうとする。ペニスの根元のさらに奥に、ちいさな種火があるようなのに点火しない。だめだった。あきらめると、ジリジリしていた感覚がだんだん薄まりわからなくなる。

うしろから同じリズムで波のうねりがやってくる。

うねりのいただきがうしろにあるとき、薫はうねりの底にいる。自分を越えて前に移動したひとつ前のうねりが、浜辺の波打ち際を見えにくくする。たまたまうねりがつよくなったのか、からだが持ち上がり、下方へと押される力がおおきくなったように感じる。そしてうねりのいただきに押し上げられたとき、浜辺に打ち寄せる白い波頭が目に入る。波の音はいつのまにか聞こえなくなっていた。先ほどまで聞こえていた浜辺の人々の声も届いていないと気づく。海の家の音楽も聞こえない。うねりに乗るうちにさらに沖へと押し出されたらしい。

突然のようにうしろに引っ張られる恐怖に襲われた。薫は浜辺に向かってバタ足をつよくくりかえした。前に進んでいるのかどうかわからない。呼吸が早くなる。ボードをつよく握り直そうとして手がすべり、右手が外れそうになる。浜辺の人々は誰も薫の動顚に気づいていない。監視員の櫓がどこにあったかわからなくなる。そう気づいたとたんに下半身が熱くなり、さっきまでどうやっても出なかったものが海のなかに滲みだし、やがて勢いよく放たれてゆく。太ももの内側に自分の体温をおびたものが当たるのがわかった。バタ足をとめて薫はその感覚のなかに漂った。漂うあいだに自分のからだが右へ右へと流されているのに気づく。またつよくバタ足をくりかえし、なんとか浜辺に近づこうとする。バタ足の音だけが聞こえる。耳にスウとあたる冷たい風を感じる。右足のふくらはぎがつりそうになる。このまま流されたら死ぬかもしれない。薫は縦方向にしたボードの上にはいあがって、両手を使って海面を掻いた。必死だった。前を見て、両手両足をバタバタさせた。

どれくらい時間がかかったのかわからない。荒い息の薫はやっと浜辺が近づいてきたことを視覚的に理解した。人の声や音楽、打ち寄せる波の音も聞こえている。もうだいじょうぶだろう……いやまだ……動悸がおさまらず、あえぐような呼吸をつづけていると頭がくらくらした。

あまりに夢中だったので、浜に向かって泳ぐ男性に気づかずに、うしろからぶつかってしまった。男性はうわと声をあげ薫を振りかえった。「なんや」――薫はボードのうえからすみません、ごめんなさいとあがる息のまま謝った。気がつけば浜辺までほんの十メートルくらいのところに来ていた。

ぶつかった男性が立っているように見えたので、薫も立とうとして両足を下へ伸ばした。ところが足がつかない。薫はそのまますっぽり海に沈んだ。左手だけが必死にボードの端をつかんでいた。海水を吞んだ。鼻にも海水が入る。男性の生白い腹が横に見え、立ち泳ぎをする両足が水中を蹴っている。海底は青白く見えたがまだ深い。薫は足を縮め、一気に伸びあがるようにした。顔が海面の上に出る。両手でボードをつかみ、その上にからだを投げ出した。うしろからきた波がボードごと一気に薫を運ぶ。爪先と両膝が砂浜に触れた。薫はボードの上にうつぶせになったまま、浜にのりあげて止まった。足元から波が寄せ、両耳のところまできて引いてゆく。

やっと浜辺に立ち上がると、膝ががくがくしているのに気づく。ボードの紐を片手に握り、ふらふら歩いた。乾いて熱をもつ浜までくると、びしょ濡れのボードをなげやりに蹴り出し、上に横たわった。まだ息が荒い。助かった。すんでのことで溺れるところだった。

少し離れたあたりから男の笑い声がする。「笑いごとやないで」と別の声が聞こえる。自分のことかと一瞬思ったが、誰ひとり薫の危機になど気づいていない。まわりのざわめきは薫と無縁だった。

息が整ってくると、気持ちもだいぶ落ち着きを取りもどす。

上陸したのは砂浜のいちばん東側だった。海のうねりの下につよい潮の流れがあったのだろう。薫は東へ東へと、さらに沖合へと運ばれていた。溺れなくても、もっと沖に漂流していたら、遭難していたかもしれない。「オーブフ」に姿を現さない、おかしいと気づいてもらえたとしても、あと二時間はかかっただろう。いったいどこまで流されていたか。

太陽が全身の水滴をぐんぐん乾かし、皮膚をぱりぱり焼きはじめていた。遠くを飛ぶセスナの音を耳がとらえている。海を見下ろすセスナに、浜辺が見えている。たくさんの粒に見える人のなかに、さいわい薫もいる。

人が死ぬのは簡単だ。そして死ぬのはこわい。息を吸い、息をはきながら、なにかを踏みはずして死ぬことのおそろしさを肌身に感じ、まぶたの向こうの太陽の光を見ていた。

すっかりからだが乾いてから、砂浜を横切るように歩き、元いた場所にもどった。歩きはじめて、耳に水が入っているのに気づいた。片足でけんけんすると熱くなった水があっけなく出ていった。

なにも知らずに同じ位置に置かれたままになっているサンオイルとＴシャツを回収する。熱くなったビーチサンダルを履いて、アパートへもどった。


「あぶなかったたな。ちょっと沖に出ると黒潮だから」

「そうですか」

「すごい勢いで流される。そのままアメリカに行きたいなら別だけど」

すごい勢い、という岡田のことばを聞いて、股間のあたりに恐怖がわきあがる気がした。薫はいつにも増して手伝いに集中した。紙ナプキンをきれいに折りたたみ、テーブルや椅子を脚まで拭きあげ、ピンク電話も丁寧に拭いた。トイレの鏡もピカピカにした。気がついたことはなんでもやるようにした。

大叔父にとっても岡田にとっても、薫は「招かざる客」だろう。そんなそぶりはまったく見せないが、薫が役に立つ場面はほんのわずかだ。もしも自分が赤の他人でアルバイト代も支払われていたとしたら、「明日から来なくていい」と言われてもおかしくない。それくらいの客観性は薫にもある。

岡田のような大人はどうすればできあがるのだろう。卒業したかどうかは別にして、大学には行っていた気がするが、会社には就職しなかったのではないか——なぜそうおもうかはわからない。岡田のような人柄は、平均的で一般的な経験からは生まれないだろう。学校にしても会社にしても、そこに収まらず、はみでてしまう。その先は、自分でなんとかする。岡田はそれを黙ってやってきた人かもしれない。

戦争が終わってしばらくして大叔父は日本に帰ってきた。もちろん薫はまだ生まれてもいない。父は「復員した」と言っていた。「まあたいへんな苦労をしたのはたしかだ」とは言うものの、そのたいへんな苦労がどういうものだったか、詳しく説明しようとはしなかった。どうしてあんなに遠くに移り住んだのかと訊いても、「どうしてかと言われても兼定おじさんが決めたことだからな」と父は言葉を濁すようにした。「親戚でもいたの」と訊いても、「いない」と言う。しばらく黙ってから「温泉があって、海が見えて、気に入ったんじゃないか」と無責任な声で父は言った。あてずっぽうで言っているわけでもなさそうだった。

人はいつのまにかたどりついた場所にいる。

今日の最初の客はいつもの司法書士だった。半袖のワイシャツにチャコールグレイのスラックス、黒い靴。ホットドッグをふたつ注文する。にこりともしないが、機嫌が悪いわけではない。注文したものをテーブルにおくと、かならず「ありがとう」と言う。まったく世話の焼けないおとなしい客だった。昼の時間に毎日姿を見かければ、どういう人なのか輪郭くらいはわかってくる。でもこの人のプライベートは皆目わからない。結婚していると聞いてもそうかと思うし、独身だと知ってもそうなのかと思うだけだろう。たしかなのは司法書士として働いていること、毎日「オーブフ」にやってきて、ホットドッグとポテトサラダを食べること。

司法書士は早々に食べ終わると、コーヒーを口に運びながら黙ってジャズを聴いている。聴いたことがないアルバムだと必ず席を立って、岡田が立てかけた演奏中のLPジャケットを確認する。小さな鉛筆つきの手帖にアルバムのタイトルを書いていることもある。

司法書士を皮切りにつぎつぎと客がやってくる。

岡田もにわかに忙しくなる。注文は薫ばかりでなく兼定も受ける。昼すぎには満席になった。音楽はビブラフォンのトリオがかかっている。動いて、注文をとり、トレイで品をはこぶ。水を足す、食べ終わった皿を下げる。灰皿の交換。こぼれた水を拭く。動いて、気づいたことをして、また動く。兼定が会計をする。皿洗いは客が引けてから。余計なことを考えている余裕はなかった。大忙しのなかひとつひとつに反応し、間違えないように動くのはやはり緊張する。しかしそのなかに気持ちよさもあることに薫は気づく。客の顔をじっと見ながら最小限の会話をしているとき、それにはストレスを感じていないことをふと自覚する。

午後一時半になるころには店も落ち着き、客はふたりだけになった。

テーブルを拭き、紙ナプキンを足し、皿洗いを手伝ってから、兼定のつくったレタスチャーハン二人分を持って二階にあがった。

「客は、来れば来るほどありがたい。帰ってくれたらもっとありがたい」

つづいてあがってきた兼定は、そう言ってニヤリとした。

薫が食べ終わると、兼定は二階の小さな冷蔵庫からガラスのポットを出し、ふたつのコップに麦茶を注いだ。

「忙しいのは正味一時間。にわか雨みたいなもんや。人にもの食べさせて、飲むもんこしらえて、音楽聴かして、毎度ありって、これで商売になるなんてな。ありがたいもんやわ。薫くんは、なにかなりたいもんはあるんか」

薫は麦茶を飲みながら考えた。なににもなりたくない、が答えだった。でもそんなことは言えない。

「大学に行ってから考える、かな」

「ほうか、大学いくつもりか」

薫はまた黙った。いまのまま高校に行けないでいると大学は遠のく。検定を受ければ、高校を卒業できなくても大学には行けるらしいけれど。

「どうしようかな」

兼定は笑った。なぜ笑ったのか、薫にはわからなかった。

「今日は忙しかったな。もう岡田ひとりでじゅうぶんや。ちょっと昼寝に帰るから、薫くんもここで昼寝するとええ。岡田に言うとく。あとでまたな」

兼定は二人分の皿を重ねて、下に降りていった。

薫は座布団をふたつに折って枕がわりにし、畳の上に仰向けになった。

中学生のころから、父が自分のなにをわかっているのか、わからなくなった。わかるはずがないだろうとおもいながら、薫は見たいテレビを見る以外、二階の自室にこもって音楽を聴いたり本を読んだり雑誌を読んだりしていた。食卓ではむっつり黙ってほとんど口もきかなかった。

本や映画に出てくる世界にくらべて、日常はあまりに平板だった。これから男ばかりの高校に入って、つぎにはすぐ大学受験か……そんな毎日がつづくのは耐えられない。入学前の春休みのうちから、そう感じていた。教室で授業を受け、定期試験を受け、成績がつき、その果てにいずれは会社員かなにかになって働く。父も母も教師だったから、教師にだけはならないと決めていたが、では自分はいったいどんな仕事に就くのか。いや就けるのだろうか。

定年がくるまで何十年ものあいだ働きつづけるなど、想像するだけでめまいがした。自分にそんなことができるのか。想像もできないというのは、つまりそこまで自分は生きていないということではないか。

父方の親戚も母方の親戚も、見渡すかぎり給料をもらって働いている人間ばかりだった。母方の親戚にひとり畳屋が、父方の親戚に大叔父の兼定がいるだけで、しかもそれぞれ跡継ぎはいないと聞いていた。その下の世代になると、みな同じように学校に通い、当然のように大学に進んでいた。自分はそのなかで、なにものにもなれない初めての例外になるかもしれない。そこから先は考えるのをやめた。

気兼ねなく接することができるのはタロだけだ。タロはこんな自分にもからだをこすりつけてくる。あごや首すじを撫でると、ちょっとだけごろごろ喉を鳴らす。自分が与えるエサを食べてくれる。水をいれた器をきれいにし、くみたての水を入れてやるとおいしそうに飲む。おとなしく爪を切らせるのは薫だけだったので、出発の前日に切ってやった。またたびの匂いがしみた爪とぎの台もおいてきた。タロにあえないことだけが寂しい。

お腹がいっぱいの薫は畳のうえでとろとろと眠気に襲われた。意識が薄れてゆくなかで緊張がほどけ、溺れかけたとき必死で呑みこんだ空気のかたまりがふかぶかとした音とともに薫の外へと出ていった。それでも薫は目を覚まさなかった。

6

薫は日に日に「オーブフ」に馴染んでいった。

午前中は浜にいても、十一時までにはアパートにもどり、シャワーを浴びて身支度をした。「オーブフ」に着くと、大叔父は二階で紙ナプキンをたたんでいるらしかった。客はすでにふたりいた。ひとりはテーブルの司法書士。兼定がこの前、「フルタさん」と呼んでいたので苗字がわかった。ホットドッグとポテトサラダを早々に食べ終わり、いまは飲みかけのコーヒーカップが残っている。目をつぶっているが、眠っているわけではない。もうひとりは女性だった。カウンターの端に座っている。葉書になにかを書いているようだ。ときどき岡田のほうをちらと見ているが、岡田を見ているというよりも、書きつけることばを探しているような顔をしていた。深夜、岡田の部屋に来ていた女性ではと薫はおもった。薫が店に着いたとき、女性は岡田に笑顔ではなく普通の表情でなにかを喋っていた。

女性客の前には、飲み終わったティーカップが置かれてあった。

岡田は昼に注文されることの多いミックスサンドウィッチの下ごしらえをしていた。薫はふたりの客のグラスに目をやった。司法書士は目をつぶっているからそのままにしておく。「客が席を外しているときと目をつぶっているときはなにもしない」と岡田に言われている。女性客のグラスには氷だけ残っていた。薫は小さい声で「失礼します」と言って水を足した。「ありがとう」女性は言った。「あなたがカオルくんね」

関西弁ではないのが意外だった。薫は軽く頭をさげて「はい」と言った。どこか気怠い感じに身がまえていたら、女性は人の良さそうな笑顔になって目尻をさげた。薫は一秒にも満たないあいだにそれを見て、すぐに目をふせた。

背中をぎこちなくかたくしてカウンターの内側にもどる。映画の場面だったら、ここで薫がどこかにつまずいてピッチャーの水をぶちまけたりするところだが、現実にはなにも起こらない。岡田はふたりのやりとりが聞こえていないように、ただ手を動かしている。レコードが替わり、ギターとピアノのデュオが小さめのボリュームでかけられている。

二階から兼定が降りてくる。手には折りたたんだ紙ナプキンの束がある。

「なんだ今日も早いな。昼だから助かる」

二人連れの男の客がドアをあけて入ってくる。席につく前に岡田に向かって「ホットドッグひとつ、ミックスサンドひとつ、ふたりともコーヒー」と言った。薫は急いでコースター製の注文票に「テーブル2」「ドッグ━」「ミックス━」「コーヒーT」の印をつけ、岡田に伝える。

ざわついたタイミングを見はからった女性客が、岡田に小さな声で言った。

「忘れものとったら、すぐに行かなきゃならないの。鍵どうする」

岡田は一瞬こまった顔をした。二人連れの男の客が弾んだ声で話している。聞こえたかどうかわからない兼定はテーブルの紙ナプキンを足している。岡田はアンプのボリュームを少しあげた。岡田の隣でピッチャーに水を入れていた薫には、ふたりの会話が聞こえてくる。女性客はそれも意識しているようだった。「カオルくんにも来てもらって返すのは？　すぐだから」

岡田は壁の時計に目をやってから薫のほうを向き、遠慮がちな声でたずねた。「ちょっと部屋まで行ってきてもらえるかな」

この女性とアパートにもどり、女性から鍵を渡されたらそれを店に持って帰ってくる、ということらしい。ピッチャーを持ったまま薫は「はい」と言った。「悪いけど」と岡田は薫の目を見て言った。

兼定は会計をしながら女性をちらと見て、「ありがとうございます」と、少ししらじらしいほど明るい声で言った。「ごちそうさま」と女性も明るい声で言った。

女性のうしろに立った薫は「行ってきます」と兼定に言った。

「気ぃつけてな」と兼定はとぼけたような声で言った。

女性は吹きだしそうになるのをおさえた顔をして、財布の留め金をパチンと閉めながらにも言わず、笑顔だけそのままに兼定を見た。

店のドアを出たとたん、女性は薫の肩を軽く叩いた。

「マスターっておもしろい」

と言った。薫が曖昧な顔をしていると、

「気ぃつけてな、だって」

女性の顔を見られなかった。顔が熱くなるのがわかった。直射日光をありがたく感じる。

女性は岡田より若そうだけれど、薫には大人すぎるほど大人に見えた。両肩が出ているワンピースには細かな水色の正方形が波のようなかたちにプリントされている。麦わら帽子をかぶっているので顔に影ができている。サンダルをはいた素足がきれいだった。

「無口なのね」

薫は口をあけ「あ、はい」とだけ言った。

「砂里浜はどう？　退屈じゃない？」

薫はどう答えていいのかわからなかったが、「気に入ってます」と言った。女性は軽く笑った。笑われても感じが悪くなかった。素直な人なのかもしれないと薫はおもった。「気に入ったのね。それはよかった」

じりじりと頬が焼けるような日差しだった。ほんの四、五分の道のりなのに、頭がくらくらする。緊張しているせいかもしれない。額だけでなく、からだのあちこちから汗が出てくる。このまま海に行って飛び込みたい気持ちだった。浮き袋がなければ溺れてしまうけれど。

「ちょっと待っててね」

アパートに着くと、女性は手慣れた感じで鍵をあけ、なかに入っていった。待っているせいか、思っていたより長く感じたが、ようやくドアが開いて女性が出てきた。薫に背中を向け、ドアの鍵をかける。

「お待たせしました」と薫に差し出す手の先に、鍵がぶら下がっている。女性の涼やかな香水の匂いがした。「シゲカズさんに渡しといてね」

シゲカズさんと呼ばれているのか。岡田がそう呼ばれていると知って、なんとなく神妙な気持ちになる。「はい」とだけ言って鍵を受け取った。

「今度、夕ごはん一緒に食べましょうよ。週末ならいつでもいいんだけど、日曜日だけだものね、お休みは」

女性はなぜか晴々とした顔をしている。

「あ、はい」

「……わたしも東京なの。三年前まで板橋に住んでた」

そうなんだと思い、ぼくの高校もです、と言ってもよかったが、もう登校していないのだから黙っておいた。

「シゲカズさんも東京だし。東京の子は東京が嫌になるのかな」

岡田も関東の人間だろうとはおもっていたが、東京だというのは初めて知った。大叔父も東京だから、こんなに離れた太平洋岸の町に岡田と薫、合わせて三人が流れついたということになるのか。

「どうして砂里浜にくることになったんですか」と訊きたかったが、もちろん訊けるはずもなかった。女性の名前すら知らない。

女性は「じゃあね」と薫に手をふりながら文房具店の角を左に曲がろうとして立ち止まると、ワンピースのポケットから小さな光るものを取り出してチリチリと鈴のように鳴らしてみせた。「わたしおっちょこちょいだから、自分の鍵を忘れてきちゃったの。助かった。ありがとう」

訊いてもいないことを教えてくれたのに少し驚きながら、薫は黙っておじぎをした。女性は笑顔を見せて歩いていった。

「オーブフ」にもどると、昼の店内はまた満員だった。

冷房が効いている。サンドウィッチやホットドッグ、コーヒーやミルクの匂いが混じりあい、タバコの煙がその匂いを包んでいる。ベースの音だけがして、そのあとからドラムスが打ちこんでくる。ピアノがテーマを弾きはじめる。みんなばらばらの個人が音とリズムを送りだす。ジャズは、バンドでまとまるロックとちがい、ひとりの個人が出す音と、もうひとりの別の個人が出す音のやりとりだとおもう。トリオとかクインテットという名称も、個人の集まりだといっている気がする。

ヤニのような色の壁に、ベースのケースを抱えた黒人ミュージシャンのモノクロ写真がかかっている。演奏が終わったのかこれから始まるのか。向こうを見てひとりで立っている。ひとり姿が絵になる。「オーブフ」にやってきて、音楽を聴き、なにかを食べたり飲んだりしている人も、考えてみればみんなひとりだ。お客さんに家族連れはいない。

二ヶ月前、高校の教室で、同い年の男が四十七人、全員が同じ黒い制服を着て、同じ黒板を向いて座っていた。薫もそのなかのひとりだった。私語は禁止、指名されたら立ちあがって答えなければならない。反乱があるとすれば、それは水面下の弁当の早食いくらいだ。三時間目にはかならず早食いをしていた近藤は膝上に弁当箱を置き、教師が板書をしているときに箸を口に運ぶ。万が一そのタイミングで指名されても、口のなかのごはんをすかさず飲みこんで事なきを得ていた。どうして平気なんだと訊いたら、「あっと思ったときに白いメシが口のなかで液体に変わる」と言って、いっしょに聞いていた男が「馬鹿言うんじゃねえよ」と笑いとばしても、「いやほんとうなんだ、おれの口、どうかしてるんだ、固形物がすぐに飲みものに変わるんだ」と説明した近藤は以後、「ドリンク」というあだ名がつき、それが「コンドリ」になり、やがて「ドリー」と呼ばれるようになった。

高校を卒業しなければいけないことはわかっている。しかしそれはたった四、五枚の同じ紙芝居をなんどもくりかえし見せられるのと同じだった。詰襟の学生服で登校し、教室に座って教師の板書をノートにうつし、親のつくった弁当を食べ、あるいは売店で買うまずいパンを食べ、詰襟の学生服で下校する。重い鞄を持って、学校にでかけ、一日過ごして、帰ってくる。その繰り返し。

学生服の襟には「2A」というクラスバッジがついている。バッジは「鼻輪」と呼ばれていた。二年A組には十二クラスのうち成績のいい生徒が集められていた。B組はその次。国立大や難関私立大を目指すクラス、という振り分けだった。文武両道を掲げ、柔道はおろか剣道まで必修にしながら、いちばん求められるのは進学先の大学名だった。それでいて、体育教師はいずれもおおきな顔をしている。

最悪なのは剣道だった。

剣道着は自前だが、竹刀と防具、小手は剣道場で借りることになっていて、全学年の使いまわしだった。最初に小手に手を入れたとき、なにかの間違いかと思い、手がとまった。「うえ、なんだこれ」という声が近くでした。板張りの剣道場にあちこちから奇声があがると、いつのまにか剣道の教師があらわれた。不機嫌なだるまのような顔。「静粛に。ここで無駄口は厳禁。すぐに道場に整列」と威嚇するような低い声で言う。

小手はなめし革のようなものでできており、素手にふれる革は、何百何千何万と使いまわされるうち、男子高校生の汗と垢が染み込んで、すりこまれ、乾かないままそこに沼地のようなものをつくっていた。

薫は剣道の時間が終わると、手洗い場で石鹼を泡だて、なんども水に流してはまた石鹼をつけ、赤くなるまで手を洗いつづけた。しかし指を鼻に近づけると、それでもなお異臭がする。匂いの刺青のようだった。

最初のうちはみな大騒ぎしていたのに、授業が何度となく積み重なるうち手洗いは定例の作業をこなすひとつの工程にすぎなくなり、やがて誰も騒がなくなった。薫はその慣れてゆく過程のなかにいるのも嫌だった。

まだ涼やかな香水が漂ってきそうな革のキーホルダーを、薫は岡田に手渡した。「お、サンキュ」とだけ岡田は言い、まるで関心の外のような顔をして、カウンターの内側の鍵掛けにかけた。

　常連の古田が忘れものを思い出したように腕時計を見て、コーヒーカップをちょっとのぞきこんでから席を立った。一時ちょうどだった。古田は時計にあわせて行動する。白い半袖のワイシャツを着た古田は結婚しているのだろうか。ひとりのほうが似合うのに、と薫はなぜか思う。司法書士の仕事がどんなものかは知らない。古田が夜、「オーブフ」に来ることはない。

　夜、古田がひとりでレコードを聴いている。その姿を想像する。

7

　四半世紀ほど前に東京に帰ってきたとき、兼定はどんな仕事にも就くことができなかった。誰も自分の復員をよろこばないかもしれない。東京に向かう列車に揺られながら、困惑した親族の顔が浮かぶたび、疑念を打ち消そうとした。

　引き揚げ船では、将校クラスの人間が吊しあげ同然の扱いを受けていた。収容所では軍の階級がそのまま残される場合が多かった。俘虜の統率、管理に都合よく使われたのだ。敗戦直後、なんの効力もなくなったはずの階級を盾に、収容所での労働や食事、就寝の条件を有利に運ぼうとする人間も少なからずいた。数年にわたった抑留で、その恨みは拭いがたいものに膨らんでいった。兼定は現場を直接見たことはなかったが、殴る蹴る程度の暴力は日常的に起きているようだった。

先に国に帰った者たちが味わった絶望は、綿くずが糸に撚《よ》りあわされてゆくように、たしかな話として伝えられてきていた。共産主義者、「アカ」の烙印を押され、ろくな仕事に就くことができない。危険なものを懐に隠した厄介者と、肉親からも縁を切られた――ひどい話ばかりがことさらに強調され、歪められた噂になったのでは、と兼定は自分に言い聞かせた。この期におよんで事情通であることをひけらかしたい輩による、芝居じみた誇張かもしれないではないか。

東京に向かう列車のステップに足をかけるとき、筋肉だけ絞りあげたように残った細い足を、兼定は重だるく感じた。左手に書き割りのような暗い富士山を眺め、しだいに東京が近づくにつれ、気持ちは塞いでいった。

噂はほんとうだった。

長姉の菊枝は、痩せ細った兼定を見て目に涙をあふれさせた。しかし、なにも言わなかった。

　鍬太郎は座敷にあがった兼定に座布団をすすめることもなく言った。

「シベリアで長年教育されて、工作員として日本に送りこまれてくると聞いた。お前もアカなら、この家にいる場所はないからな」

　長らくこころのよりどころのようにしておもい描いていた生家で、兼定は歓迎されざる人間になっていた。五年あまりつづいた耐え難い懲罰と労働を生き延びたあげく、なつかしかった兄や姉にすら受け入れられない人間に変わっていたのだ。収容所の所長が「日本という国は、おまえたちを帰してほしいとは、一言も伝えてこない」と嘲るように言い放っていたセリフが耳によみがえる。

　父も母もすでに死んでいた。この家の長は自分であり、決定するのも自分だという顔の鍬太郎は、ひるまない目で兼定を見ていた。

　兼定は心臓の下に大きな黒い穴があいたようになった。心臓はそこにあって動いている。しかし心臓を支えるものがごっそり剝がれ落ちている。心臓がむき出しでぶらさがり、吹雪にさらされているようだった。血が凍れば兼定は死ぬ。零下三十度でも四十度でも凍らなかった血が、生まれ育った家で凍りかけていた。

　自分はどうしてもここに帰ってくるほかはなかったのだ。しかし、帰ってきたのは間違いだった。ここにいることで、つきつけられているのは、そのことだけだった。自分は「アカ」ではない、ということばがどうしても出てこなかった。それは自分の立場を弁明し、居場所を乞うことだ。なぜ兄や姉に乞う必要がある。そんな屈辱を認めるわけにはいかなかった。

「シベリア帰り」とひとことでくくられる人間である自分が、街を歩いていて、面と向かって「アカ」と言われることはない。新聞ではしばしば「追放」という二文字と組みあわせて、「アカ」の人間が報じられているとわかった。焼け野原になった東京の戦後復興のさなかに、厄介者として自分は帰ってきたのだ。

長姉の菊枝のとりなしで、敷地内の離れに仮住まいすることが許された。一年後には出ていってくれという約束だった。

妻が自分を待っていないのはわかっていた。出征するときにはすでにこころが離れていた。おたがいにそのことは認めていた。子どもはいなかった。

親元にもどっていた妻に葉書だけ書いた。一年後に離婚することになった。離婚届に判を押してもらうために会いにいくと、引っ詰めの髪ともんぺ姿しか記憶に残っていない亮子は見たことのないパーマをかけ、銀座のデパートで売っているようなワンピースを着ていた。渋谷区の美容院で働いているという。舞台女優になろうとして養成所に通っていたが、兼定が軍属として満洲に渡るころには活動は縮小し、実家の製麺所の手伝いに通うようになっていた。兼定は演出家の卵と亮子が急速に近しい仲になっているのを知っていた。亮子はシベリアのことには触れず、「たいへんだったわね」と言った。

仕事が見つかればすぐに出ていこうと兼定は考えていた。しかし「シベリア帰り」には容易に仕事が見つからなかった。

まもなく半年が経とうとするとき、銭湯の跡取りが小学校の同級生だったのが縁で、風呂場の掃除とボイラー助手の仕事を得た。廃材を釜のサイズに合わせて適当な大きさ、長さに切る作業は、兼定にはたやすいものだった。こんなに細い、木の皮もついていないつるりと乾いた柱を切ったり割ったりすることなど朝飯前だ。自分が伐り倒した針葉樹はこの何倍も太く、湿って重かった。ノコギリや斧を跳ね返す弾力があった。

おかげで無為の日々から抜けだすことができた。

銭湯の徳次郎、トクは勉強はできなかったが、愛想と運動神経のいい男だった。銭湯ののれんを外して戸締りすると、トクは兼定を誘い、近くのバーに連れだって出かけた。このバーでトクと再会したのがはじまりだった。「仕事が見つからないのか」と声をかけてくれたのだ。ふたりはたがいに戦中の話を断片的にした。生きて帰ってきたのはトクも同じだった。それなのに「お前、よく生きて帰ってきたなあ」と酔うたびに何度もくり返した。砂里浜に引っ越すことになったとき、「海はいいだろうなあ。温泉もあるんだろ。焚かないでいい風呂だなんてうらやましいな。俺も行きたいよ。呼んでくれよ」と言った。

砂里浜は死んだ仲間の帰ることのなかった故郷だった。

手のひらにはいるほど小さい遺品を持っていた。女ものの手鏡だった。母のものか恋人のものかはわからない。仲間がそれを使うところを一度も見たことはなかったが、縮緬《ちりめん》の袋に入れて大事にしていたのは知っていた。遺品として預かれるものはそれしかなく、自分の鞄の裏地を細工して隠し持ち、帰国した。

探しあてた仲間の実家には、誰もいなかった。空き家だった。

狭いアスファルトの道の切り傷のようなひびのあいだから、背丈の低い草がまばらにのび、小さな白い花を咲かせていた。その路地には、黙りこんだような木造家屋が何軒もならんでいた。路地をぬけてゆく風のなかに、魚の青い匂いが漂う。「漁師の家が並んでるんだ」と死んだ仲間は言っていた。そのことばを覚えていたせいで、魚の匂いがするのかもしれなかった。

町屋風の玄関にかけられた表札の墨文字は消えかかっていた。誰も出入りしない引き戸は砂埃をかぶっていた。雨と潮風にさらされ、木目が浮きあがった目隠し格子の向こうの窓から、暗い室内は見通せない。薄く波打つガラス窓は黒い光を湛え、のぞきこむ兼定の顔の輪郭だけを映す。

隣の家のベルを鳴らしても、誰も出てこない。通りすがりの老婆に訊いても、怪訝な顔をされるばかりだった。向かいの家の前で自転車を停めた新聞配達に声をかけると、「ああこの家の漁師は戦後まもなく死んだ。ずっと空き家。親戚が来ている様子もない」と答えた。いまもときどき、兼定は近くまで車で行き、空き家のあった周辺を歩くことがある。古い家は十年近く前に突然取り壊され、普通の民家が建てられた。表札にはちがう名前が書かれていた。

死なずにもどることのできた兼定は働いた。

生命保険の営業所はありがたい職場だった。学歴も前職も問われない。実績に応じて給与があがる。自分のどこにそんな口舌がしまわれていたのかとおもうような営業的な話術が苦もなく身についた。契約をとったあとは、人一倍アフターケアに力をいれた。そうこうするうちに、頼みもしないのに顧客が次の顧客を連れてきた。人に勧めるいっぽうで、兼定は社員優待を使うこともなく、最後まで保険に入らなかった。

鍬太郎も死に、菊枝も死んだ。ほかのきょうだいは元気にしているらしいが、年賀状や法事のほか連絡はない。

時間が経つにつれ、敗戦後の数年間の出来事が、誰にも説明のできないものになってしまったと感じた。あるいは、誰も聞きたくない経験になっているというべきか。もう誰かに聞いてもらおうとも思わない。

兼定は明るいアメリカに憧れた。日本を完膚なきまでに打ち負かした国の、文化や音楽に憧れた。ジャズ喫茶をはじめたのは、自分を鼓舞してくれる音楽を一日中聴いてすごす方法として、考えついたことだった。ジャズをくりかえし聴いているうちに、彼らはみなアフリカ大陸から奴隷として連れてこられた黒人の末裔だと気づいた。

音楽でなければ溶けない痛みもある。ことばで考えつづけても、なにも変えられない。そうであれば音楽だ。ジャズのスウィングの根っこをたどっていけば、そこには逃れる道もなく運命に身をまかせ、うたいながらからだを揺さぶったリズムがあるにちがいない。

あることないことをおもしろおかしく話すとき、兼定の目はいきいきとする。それは兼定のアドリブであり、スウィングなのかもしれなかった。

法事の席でこんな話をしたこともあった。

ジャズ喫茶をはじめたのは儲けるためじゃない。朝から晩まで大きな音でジャズを聴きたかっただけだ。だけどね、商売としては原価割れ、よくてトントン。だから宗教法人ジャズテンプルにすれば、お客から賽銭やお布施をいただくことになって税金も払わなくてすむ。ジャズ喫茶じゃない、ジャズ吉祥《きつしよう》だな。やってみる手はあるぞ。どうかね？　ジャズ吉祥でやっていけなくなったら、こんどはアメリカに渡る。それでも駄目なら最期はアリゾナの沙漠で行き倒れ、野垂れ死にだ。空気が乾いているから即身……じゃない即席成仏だな。ヒューマンジャーキーはオオカミのいいエサになる。あとかたもなくなるから葬式も戒名も墓も法事もいらない。西の果て、荒野のウルフ葬。いいと思わんかね。

親族は法事の席の余興がまたはじまったという顔で、曖昧な笑顔を浮かべていた。そんな兼定をじっと見て、うれしそうな顔をしている少年がいたのは覚えている。三親等ですらどこまでを指すのか知らない兼定は、少年が自分にとってなんという名称で呼ばれる親戚であるのかわからなかった。

それまでも法事の席で見かけるたび、おとなしそうな子どもだとおもっていた。小学生になったばかりのころ、法事で長い時間正座して、しびれて動けなくなった薫に、どうすれば早く楽になるか教えてやったことがある。血液やリンパがどのように循環し、神経がからだのなかをどう巡っているのか、どこを押せばどう変わるかを、兼定は理解しているつもりだった。白いハイソックスを律儀に膝下まであげている少年のヤギのように細い足を見たとき、兼定は不意打ちを食らった。誰よりも若く、いきいきとしているのに、それはいまにも壊れそうに見えた。ひとのからだはあっけないほどかんたんに壊れる。兼定は何度もそれを見てきた。生きることにはつねにはかなさがともなう。細く生白く痛ましいものが、痺れて動かなくなっている。兼定は冗談を言いながらその痺れをはやくとってやろうとマッサージした。痺れた足への刺戟《しげき》に薫は身をよじり、笑いまじりの叫び声をあげた。

中学生になってからの黒い学生服姿も覚えている。誰かの米寿だか傘寿だかの席だった。兼定の無責任な放言を聞き逃すまいと、黒の詰襟の上にのっている顔は白い頬とピンク色の耳で声を立てずに笑っていた。笑い声が聞こえなかったのは席が離れていたせいかもしれない。つぎに兼定の口からどんなおかしな話が飛びでてくるか、ひたすら待ちかまえる顔をしていた。

こうしてかつての光景を思いだせば、おりおりに少年を気にしていた自分に気づく。その記憶がどこかにあったから、滞在を受けいれる気持ちにあっさり傾いたのかもしれなかった。

いつもの顔を並べ、いつものように訥々《とつとつ》と語りあう親族とはちがい、彼はあたりまえのように未完成だった。どこにもおさまらない曖昧な表情を自分でもてあましていた。夏の夜のセミのようだと兼定はおもった。木の柵にしがみつき、背中をひらいて割った皮から脱出し終えても、まだ全身が青白く、湿り気のある羽は皺々だ。茶褐色の筋をぴんとのばした硬い羽で飛びたつまで、少なくとも数時間はかかる。羽化したてのセミは土と空のあいだで宙吊りになり、時間が経つのをただ待っている。わずかでも動くところを見つかってしまえば、気まぐれな猫の格好のおもちゃだ。軽いひと叩き、試しの甘噛みで、あっけなく命を落とすことになる。

受験した四つの高校のうち、薫が受かったのはひとつだけだったらしい。浩一は「ベイドメには受かって」と言った。兼定の耳がはじめて聞くことばだった。ベイドメってどんな字だ、と訊けば、学校の名前ではなく「滑りどめ」だという。そんな言い方があることすら兼定は知らない。

薫が登校しなくなってから、死にたいだのなんだのと声をあげる場面もあったらしい。親戚であるがゆえにかえって知られたくないこともあるだろうに、甥の浩一はこれまでの経過をそのまま伝えてきた。教師として働く立場からすれば忸怩《じくじ》たる思いもあるだろう。淡々と窮状を伝える声の気配よりも、実際はかなり追い詰められているのではと感じた。

兼定もかつて追い詰められた。親族はみな敵とさえ思った。あれから二十数年という月日が経ち、いまひとりでいる自分の暮らしをこうして安定させ、鍬太郎の息子から頼まれごとを受けるようになるとは、当時の自分には想像もできなかった。

兼定はときに目をつぶり、地球を俯瞰することがある。人類はアフリカで生まれ、地球上を転々と移動しながら広がっていったものらしい。人種のちがいは単なる枝分かれと進化の結果で、すべての出発点であったアフリカ大陸から考えれば、黒人奴隷も白人もルーツは同じことになる。だとするなら、これまでの人類は、おおきな地球を覆う海のようなものではないか。海はすべてつながっている。そこに現れた日本人の、しかも名も無い一族となれば、たまたま風にあおられ海の表面に姿を現したひとすじの白い波にすぎない。

復員して拒絶されたときから、兼定は親族というものについてくりかえし考えていた。五年たち、十年が過ぎ、二十年あまりの時間が流れての結論が、それだった。親族とはおおきな海にあらわれた小さなさざ波のようなものでしかない。潮の流れや風によじられ、受動的に生まれた偶然の皺のようなもの。親の親、そのまた親の親、と遡っていけば、家系図は縦ばかりではなく横にも広がってゆく。その広がりは、縦方向であろうが横方向であろうがすぐに霧のなかに紛れてしまい、たどれなくなるだろう。たどれない先に分けいって、すべての線をつなげていけば、いずれは誰もが誰とでもつながっている、ということではないか。目の前の親族と決別しても、海に浮かんで生きてゆくという意味では変わらない。兼定はそう考えた。

大海に生まれた波が、しだいに沿岸へ、岸辺へと近づいてくると、重く深かったはずの海は陸地がつくるあらたな潮の流れと、堆積した砂の厚さに少しずつ力をそがれてゆく。波を支えた海水の厚い層はみるみる薄くなって、ついにはレースのカーテンのように平たくされ、浜辺に引き寄せられると、すっかり力を失い砂浜をやさしく撫でて力尽きる。

海水が泡つぶを残して砂にしみて消えてゆくあたりに耳を近づける。浜辺の奥に吸いこまれながら、海水と泡とが砂をわずかに動かすチリチリチリチリという音が聞こえてくる。兼定も薫も、チリチリと音を立てて消えてゆく泡つぶだ。

親指の爪ほどのおおきさしかない、薄紅色の名も知らない蟹が泡つぶをじっと見ている。泡つぶとなった兼定にも薫にも、その蟹は見えない。ふりかえっても見あげようとしても、もう何も見えない。ふたりは別々に砂浜に吸いこまれ、ただ消えてゆく。


兼定が郵送しておいた手書きの地図を片手に、ボストンバッグひとつを提げて薫はやってきた。日暮れが近づこうとする時間だった。「オーブフ」のドアを開けてのぞいた顔は、目元のあたりがいっそう浩一に似てきていた。が、そんなことは言わないほうがいいだろう。かかっている音楽はちょうどピアノソロだった。客は奥のテーブルに三人ひと組だけ、なにか熱心に話をしていた。兼定の「よく来たな」の声に、薫は耳を赤くして「こんにちは」とだけ言った。

兼定はとりあえず岡田の住む同じアパートへ薫を連れていった。

アパートの部屋の鍵をあけるとむっと畳の匂いがした。昼間の暑い空気を追い出そうと、南の窓と台所側の窓を開け放った。海からの風がとおりぬけてゆく。部屋の説明を簡単にした。荷物を置くと、ふたたび二人で店にひきかえした。空は夕焼けの色に染まりはじめていた。遠くから波の音が聞こえた。

　店にもどると、めずらしく客はひとりもいなくなっていた。昼の客と夜の客の入れ替わる凪の時間だった。岡田は客がいなくなると自分がそのときに気に入っているレコードをかける。男女がセリフを交互に言いあうアップテンポのデュエット曲が流れている。兼定はこの歌を何度か聴いた。岡田は明るい歌が好きだなとおもう。……パーティが終わった、吸殻に空き缶、グラスが散らかって、後片づけがたいへん……芝居っ気たっぷりにため息をついたりしながら、男女ふたりのアメリカ人が歌っている。

「この人、岡田さん。岡田重和。きみの部屋は一階のいちばん奥やったやろ、岡田さんの部屋が一番手前。困ったことがあったら彼になんでも訊いて」

「はい」と言って薫は頭をさげた。

　テーブルやカウンターを手際よく拭いていた岡田は、頭をさげる薫を一瞥すると「岡田です。よろしく」と言いながら視線をテーブルにもどし、手を動かしつづけた。気難しくはないが、すぐに打ち解ける気安い感じでもなさそうだった。薫は少しホッとする。いろいろ質問されるのは苦手だ。質問されるたびに空気を呑んでしまう。

　兼定はピンク電話を使って「無事着いた」と東京の薫の家に伝えた。兼定は電話番号を空で覚えているらしい。「出るか?」と薫に口のかたちだけで声をださずに訊く。薫が「いえ、いいです」とささやくように言って胸のあたりで手を小さく振った。それを見て「元気そうや、じゃあなんかあったら連絡する。なんもないやろうけど……じゃあ、はいはい」と言って受話器を置いた。東京の家では、テレビがついたままの夕ごはんが始まるころだった。

朝ごはんしか食べていないと聞いた岡田は、スパゲティナポリタンを手早くつくった。薫は口のまわりを赤くしながら左手を使いゆっくり食べた。立っている姿より、食べている姿のほうがはるかに幼い感じがする。兼定は薫の左手の動きや贅肉のない背中を見ながら、薫の抱えるものをぼんやりと見てとったような気がした。よく来たな——こころのなかでまた言った。

そういえばそうだった。兼定は忘れていたことを思いだす。いちばん若いということもあったが、法事のときには左利きの肘がぶつからないように、いつも左端の席に座らせられていた。だから兼定とはいつも席が遠かったのだ。

「明日も一度、昼くらいに店に来てみたら。朝めしのことは岡田さんに相談して。部屋に小さい風呂はあるねんけど、銭湯のほうがええやろ。温泉やし。銭湯のことも岡田さんに訊いてな」と言って、兼定はほどなく店を出ていった。

夜になると兼定は店を岡田にまかせることが多い。食事は外でとり、そのあとはバーに行く。薫の世話は岡田に相談して頼んであった。東京から避難してきたのだ、しばらくは好きにさせてやればいいが、店を手伝えそうなら遠慮なく使ってほしい、手足を動かしたほうがなにかといいはずだ、根は素直だと思う、真面目だしな。兼定は岡田にそのように説明してあった。

スピーカーから出てくる音に耳を集中させながら、薫は視線の置きどころを探しあぐねていた。なにも話しかけてこない岡田の背後にぎっしりと並ぶレコードをただ眺めながら、自分がすでに東京から遠く離れていることを実感した。今日の列車の車窓から見えていたもの、長い距離と時間を頭のなかでイメージしていると、足元が地面から浮かんだままのような、なんともおさまらない気持ちになった。解放されたのか放りだされたのか。誰に指図されたわけでもなく、自分が希望してやってきたのだ。緊張しながらも、声をあげたいような気持ちが底のほうから泡のように湧いてくる。

そう感じると同時に、お腹が張って痛いほど空気が溜まっているのに気づいた。薫はトイレに入った。トイレに花が活けてある。本物かどうか手でつまんでみるとひんやりとして生だとわかった。トイレに座り、溜まった空気を出そうとする。緊張してうまくいかない。立ったり座ったりしてお腹のなかにあるものを動かそうとしてみたが痛いばかりで下に降りてこない。そうこうしていると、トントンとノックされた。小さくトントンと叩きかえす。仕方ない、出ないものは出ない。薫はジーンズを上げて、手だけ洗ってトイレを出た。

トイレからもどるとき、カウンターの右端に置かれたピンク電話の下の棚に並んだ漫画が目にはいった。薫はそれを手にしてカウンターにもどり、読みはじめた。人里離れた薄暗い森の沼のほとりで、着物を着た黒髪の少女が、散弾銃に撃たれて瀕死の雁をひろいあげ、とどめをさす場面があった。「いかようにもがけどせんなかるまいに」と少女は言う。そしてあっさり雁の首をひねった。

8

高校には冷房がないのはもちろんのこと、暖房もなかった。真冬の朝は教室でも吐く息が白くなった。文武両道を謳う学校だから、問答無用の精神修養の一環として「暖房はなし」と決めたのかもしれない。しかし正月の海に褌《ふんどし》ひとつで入ったり、滝にうたれたりする男たちも、朝から夕方までずっとそうしているわけではない。祭りや修行が終われば、焚き火やふるまい酒が待っている。薫たちは裸に褌ではなく黒の学生服ではあったが、そもそも自分たちに「精神修養」の意識はまるでないから、ただ理不尽に寒いだけだった。寒さに慣れない憤りに欲求不満まで重なって、教室で焚き火をしかねない不穏な顔がいくつも並ぶことになった。

東京で一、二を争う有名な進学校にも「暖房がない」と教えてくれたのは、その名門校が第一志望だった大島泰彦だった。白皙《はくせき》の長身で線が細かったが、あだ名は「巨根」だった。斜に構えたり茶化したりせず、疑問があれば素直に考える大島は、薫の少ない友人のひとりだった。大島には気兼ねなく質問ができた。

「なんで暖房しないんだろう」

「心頭滅却すれば火もまた涼し、かな。暑いのと寒いのが逆だけど」

「火じゃなくて、氷とか雪とかを使ったことわざはないの？」

大島はしばらく白目がちになって考えていたが、

「河童の寒稽古、かな」と言った。

「なんだよそれ」

「見た目はきつそうでも、実際はたいしたことないって意味だよ」

大島は真面目な顔だった。薫は吹きだした。手を三秒と入れていられない凍てつく川を、河童の群れが粛々と下流に向かって泳ぐ。あるいは凍った川の上を、たった一匹の河童がうつ伏せで滑ってゆく。どちらも考えるだけでゾクゾクしてくる。自分が河童なら寒稽古で確実にお腹をこわす。河童はおそらくカエル系の変温動物なのだろうから、寒稽古どころかそもそも冬眠しているのではとおもったが、大島には言わなかった。

冬になると誰よりも張りきるのは剣道の教師だった。寒いなどと言って騒いでいるのは修行が足らない、といかにも言いそうな目は、生徒全員を見ているようで誰にも向けられていなかった。

道場に入れば私語厳禁だった。笑うこと、くしゃみをすることも禁止。規則を破ると、裸足のまま校庭を四周、ひどい場合は八周させられる。二百メートルのトラックを面をつけ胴着も小手もつけたまま走っていると、それだけで吐きそうになる。

禿頭《はげあたま》のだるまのような丸い顔に、だるまの目とは正反対の細い目がついている。細い目は生徒の額か顎のあたりを見ている。

「上段の構え。後ろに気をつける。はじめ!」

薫は竹刀をしっかり握った。プールに薄い氷がはるような日でも、小手の内側は沼の底かドブの底のようだった。不気味なやわらかさを感じながら竹刀を握る。摺り足で前後に移動しながら、上段の構えから小手を、つぎに面を狙う。

少しうしろに下がりすぎ、そのことに意識がいかないまま上段の構えをとった瞬間、うしろでパリンと音がした。対戦相手の構えがくずれ、薫のうしろを見上げている。ふりかえると、中庭に面したガラス戸のいちばん上のガラスが一枚、きれいに割れていた。

謝りに行くと、「授業終了後、話を聞く」とだけ教師は言った。剣道部の同級生がホウキとちりとりを持ってきて、ガラスの破片の片付けを手伝ってくれた。「このガラス、薄いからすぐ割れるんだ」と剣道部員は小声で言った。

薫は教師の控室にいた。だるまの目をひとり占めにしながら、さっきから立たされていた。姿勢よく椅子に座ったまま、机に両手をのせた教師は、薫のうしろに立っている誰かをじっと見るかのようにして、薫とは目を合わせなかった。

「申し訳ありませんでした」

教師は微動だにせず、なにも言わない。

控室は石油ストーブがついていてあたたかい。ストーブの上にヤカンがのっていて、湯がわいている。水蒸気のあがる音がかすかにシューと聞こえる。薫の両手からいやな匂いが立ち上ってくる。

沈黙がつづいた。自分の不注意でガラスを割ったことを詫びるのでは駄目なのか。なにか気づかない間違いをおかしているのか、薫は自分のふるまいを頭のなかで点検し、考え、じっとしていた。

部屋のなかになにかが充満してきて、息が浅くなりはじめたとき、教師が口をひらいた。

「私はなんと言ったか」

あいかわらず、教師の目は薫の目を見ていない。

薫は「なんと言ったか」を思いだす。自分の失敗との関連はあっさり見つかった。教師の沈黙は、ガラスを割った失策を認めさせることよりも、この場所を統治しているのは誰かをあらためて刷りこむ儀式なのだと感じた。

「……後ろに気をつけるように、とおっしゃいました」

教師は一拍おいて、「後ろに気をつける。私の言ったことを守らなかった」

「……はい」

「次の授業が始まる。はやく行け」

教師はそう言って、薫を見ないまま立ち上がった。薫は、すみませんでしたと言ってまた頭をさげ、部屋を出た。

くさい両手をふりながら急ぎ足で廊下をゆく。もったいぶって、答えるべき答えだけを言わせて、視線は絶対にあわせない。口をひらくのも最小限。五十分間そこから出ることを許されず、教師の命じることに従えない者、従いそこなった者は黙って否定される。地獄の底のような小手をはめさせられ、その不満も言えない世界にいったいなんの意味があるのか。ひたすらかしこまって謝ることしかできなかった分、薫が腹の底でののしる声はつぎからつぎへとわきだして、おさまらなかった。しね、と薫はつぶやいた。

「オマエラ」の日本史は、薫がもっとも苦手な戦国時代にさしかかっていた。飢饉の年がくりかえしやってきても、食糧の備蓄をしていた武将たちには食べるものがあったにちがいない。オマエラが注目する勝敗の分かれ目より、そもそも食糧を自分たちの手でつくっていた百姓が飢えて死んでいったことが薫のいちばんの関心事であり、憤慨の種だった。自分たちがつくった米は食べられず、稗《ひえ》や粟《あわ》を食べ、飢饉がおこれば飢えて死ぬ。百姓には武将たちの勝ち鬨《かどき》など雷鳴ほどの価値もない。雷が鳴り雨が降れば、少なくとも田畑はうるおう。

柔道も苦手で嫌いだったが、柔道の教師は嫌いではなかった。よくしゃべり、説明が詳しく、威張らない。教師の語尾を長くひっぱる独特のしゃべりかたを生徒たちはよく真似をしていたが、伝えようとする気持ちの反映として、薫は聞いていた。「おい」と呼ぶのではなく「おーい」と呼ぶのは、一方的であることを望まない、歩み寄りのあらわれだと感じた。「おい」と呼ばれたら腹も立つ。「おーい」ならふりかえる気持ちにもなる。

「引き手はだよー、親指や人差し指には力を入れないよー。ぎゅーっとは握らない。ここが大事だよー。力入れるのは中指、薬指、小指の三本だけ。いいかなー」

教師は柔道場のなかをよく動く。生徒のあいだにもどんどん入ってくる。そのときたまたまいちばん近いところにいる生徒をとらえ、その場で組み手の説明をはじめる。生徒たちはその不意の組み手の見本になることをおそれつつ、楽しみにしている気配があった。畳は板張りの剣道場よりもさらに冷たく、足の裏はしびれるようだ。冷たくなった畳はより硬く感じる。受け身の練習で、はずみをつけてからだをおおきく前へと回転させてから、脇と腕と手を畳にたたきつけると、薫は自分のからだの軽さと薄さを感じる。寝技では組んだ相手の腕力と体重ばかりが優勢で、ただ無力な自分を思い知らされる。午前中の授業とはいえ、すでに呑みこんだ空気がお腹にたまりはじめているので、受け身の瞬間、技をかけられ倒れこんだ瞬間に、薫はおならをした。からだが叩きつけられる音や、畳がすれる音、気合いとともに出る唸り声にまぎれてはいたけれど、自分の耳には確実に聞こえた。照れ笑いをする余裕もなく、不思議と誰かに茶化されることもなかった。

技をかけ、かけられるはたらきには物理的な原理がある。そこでは意思を超えるものが絶対的にはたらいている。ふたりが組んだ瞬間、ふたりは上下左右に移動する物理的作用と化し、離れたり近づいたりしながらそれぞれ反対側に行こうとする両端をもった生きものになる。こういった技をあみだし、技をかけながら誰かが改良も加えていった跡を、肌や筋肉やからだのかたむきで感じることができる。組んだ相手の実力があきらかに上まわると、自分の腕力も反応する速度も、とてもついていけないと即座にわかる。自分のからだがすぐに吸収されてしまう。

柔道着がはだけるのは合理的でない気がしたし、そもそも投げるのも投げられるのも苦手だったし、柔道の時間がなければないに越したことはなかった。それでもいやいやながら柔道場に入り、その日に取り組む課題に怯えつつ、教師の指導を聞き、見て、実際にやってみると、おもしろさを感じるときがある。

あるとき、柔道の教師が授業の終わりでこんなことを話しはじめた。

「先端恐怖というのを知ってるか。針とかハサミとか、キリとか鉛筆とか、先の尖ったものを見るのが怖い神経症だね。ぼくにはねー、その先端恐怖があるんだよ。こうやって話していても、尖ったものを想像してしまって怖さがこみあげてくる。目をあけていられないくらい。なんでそんなことになったのか、自分でもわからない。人間っていうのは、誰も気にしないようなことを気にする、そういうとらわれかたをするときがあるねー」

突然の話だし、柔道にも関係がないようだし、なぜそのような話を生徒にするのか戸惑いのほうがおおきかったが、薫は柔道の教師のやわらかく弱いところを見せられた気がして、それからもときどきその場面を思いだした。

休み時間は教室とベランダ、廊下の範囲で時間をやりすごすしかなかった。一刻も早くやってきてほしかったが、はじまってしまうとなるべく早く終わってほしくもあった。チャイムがなると薫はいちばんにトイレに行き、個室にとびこんでトイレの水を流しながらたまった空気を出す。そしてすぐに個室を出る。早く出ないと「うんこしてたろ」と言われかねないのを警戒していた。もっとひどいことを言われる可能性もあった。

グラウンドは都内の学校とはおもえないほどの広さがあるが、休み時間にそこまで行って遊ぶ者などいなかった。教室のベランダでくすぶるのがせいぜいだった。ベランダは二メートルくらいの幅があり、他の教室のベランダともつながっていた。たむろしているのはバカ話をするのが好きなにぎやかな連中に限られていて、黙って外を見ていたりすることはできない。おとなしいタイプの生徒たちは教室内の自分の席の周辺で曖昧に立ったり座ったりしている。薫はトイレからもどるとたいていは席で所在なくしていた。大島が近づいてくると、アメリカやイギリスの最近のロックの話をした。

誰にも声をかけられず、誰にも話しかけないのは、栗田賢治だった。栗田は理数系ではおそらく学年一番の成績で、あだ名は「海苔弁」だった。遠目には同じに見える海苔弁を毎日食べ、休み時間はずっと脇目もふらず背筋を伸ばして文庫本を読んでいた。あの分厚さからするとドストエフスキーかトーマス・マンか。あるいは自分の知らない作家なのか。いつも書店のカバーがかかっているので、わからない。「海苔弁」とあだ名がつき、理数系トップ、誰も相手にせず、が定着すると栗田は放っておかれるようになった。いっぽう気安く声をかけられてしまう薫はバリアが薄いらしい。声をかけられるたび、それに対してなにかを答える。そのあいだに決まって空気を呑んでしまう。空気は喉から食道を通って胃をふくらませ、やがて腸へと送り込まれてゆく。

男子校だから、ベランダだろうが教室内だろうがところかまわず性的な話がとびかってい
た。どこからか怪しい写真もまわってくる。自分の性的嗜好をおもしろおかしく話して得意になっている者もいたが、実体験は聞こえてこなかった。共学だった中学のときにくらべて抑制がきかない分、子どもっぽい話しぶりが過剰になる。ベトナム戦争の話をするものもいた。テレビドラマや歌謡曲の話もした。狭山裁判闘争の集会のチラシを持ってくるものもいた。薫はそれぞれそれなりに応えてしまうので、こいつは関心があると勘違いされる。いまさら栗田賢治のようにはふるまえず、いたずらに空気の摂取量が増えるばかりだった。

奇妙なことに大学受験の話はほとんど出なかった。いちばんの関心事だから、おたがいにその話題を避けていたのかもしれない。残された二年弱の時間は大学受験への滑走段階に過ぎなかった。教室でのあてどない会話は、離陸に向け機体を移動させ、プロペラの回転数をあげてゆく騒音のようなものだった。

中学校は地元の公立だったから、放課後も学校の周辺で遊ぶことがおおかった。高校は私立で、みな電車かバスで通ってきていた。部活動に熱心な者以外は、そのまま家に帰るか塾や予備校に向かうことになる。池袋を経由する通学者は池袋で途中下車し、ビデオゲームで

遊んだりもしていたらしい。薫はバス通学だったから、寄り道して遊ぶようなところもない。朝はバスで北上して高校に通い、昼は料理が苦手な母親のつくった弁当を食べ、そしてまたバスに乗り南下して家に帰ってくる。その繰り返しだった。

薫が高校に行かなくなると担任が電話してきて、週末の夕刻、一度家にやってきた。倫理・社会の担当で、ほとんど笑顔は見せず、「哲学教育をおろそかにしている日本の教育は、十年、二十年後にその結果が出る」と言っていた。母から担任の来訪を知らされた薫は、区立図書館に出かけて担任を避けた。あとで母の口から聞くところでは、二学期も一日も出席しなければ進級はむずかしいだろう、という予想どおりの話だった。薫を動かそうとすることばはなにも出なかったようだ。

「タロは知らない男の人はいやなの？　先生が帰るまでどこかに隠れて。一度も顔を出さなかったわね」とタロに声をかけている母が、どこかうれしそうなのを見て、自分がこのまま学校に行かなくなってもかまわないのか、と考えもした。もしそうだとしたら、半分はほっとするが、半分は底知れぬおそろしさを感じた。

父や母のように教師をしていると、薫のような生徒はめずらしくないのかもしれない。それとも無防備に楽観しているのか。だとすればそれは母だけで、父が楽観することはないはずだ。認めたくはないが自分の悲観は父ゆずりの気がしていた。母は薫の能力をかいかぶるところがあった。薫は母がおもうほどしっかりしているわけではない。頭もよくはない。つよくもない。高校に通うことを再開するのは、とてもではないが無理だ、という薫の感覚をどこまでわかっているのか、あやしいところがあった。父はなかば諦めているのではないか。父は薫の能力を、薫自身より厳しく見積もっているだろう。そして、自分は息子の力にはなれないと、早くも結論をだしてしまったような顔をしていた。そこに、教師としての経験や判断も入っているのかどうか、薫にはわからなかった。

図書館からもどるとタロはいつもより甘えてきて、二階の自室へ階段をあがってゆく薫の足もとをすりぬけるように追い抜いて、先に部屋へと入っていった。机にむかってただぼんやり座っていると、タロは膝の上でゴロゴロ喉をならした。薫はそのまま居眠りをした。タロもたぶん眠っていた。タロがなにかの音を聞いて飛び降りると同時に薫も目を覚ました。

鴨居にかけたままだった黒い制服を洋服ダンスにしまい、扉を閉めた。中学に進学してから四年あまりずっと、金ボタンに黒い詰襟の軍服のような学生服をあてがわれていた。プラスチックの白いカラーを詰襟の内側にパチパチ留めるなど、こんな安っぽい仕組みをいったい誰が考えついたのか。重く、動きにくく、頻繁に洗えもしない不衛生な服を着る理由は、学生の側にはない。それは学校や社会の都合だとおもう。学校にもどることがあったとしても、学生服は二度と着ない。薫はこころに決めた。

「東京はどう？」

岡田は平らな声で訊いた。懐かしいのか、嫌いなのか、それとも関心を失っているのか。岡田の気持ちは見えなかった。

めずらしく閉店前には客がいなくなり、ふたりだけになっていた。

「東京しか知らないから……ほかとは較べられないけど」

薫はそう言ったものの、どう続けていいかわからなかった。

「東京で生まれ育ったんだもんな。おれもそうだし」

岡田はグラスを拭きながらぼそりと言った。

「……これからも東京で暮らしていくって考えると、ちょっと息苦しい、かな」

「人が多すぎるよな」

「自然がまるでない。馬が走るような平原もないし」

岡田は笑わないようにして失敗し、吹きだした。閉店間際のせいか機嫌もいい。めずらしく口数がおおい。

「……いやごめん。わかる。ただモンゴル平原にも苦労はあるし、息苦しさもあると思うよ。人が集まって暮らしてるのは同じだから」

「それは、わかります」

「でもある程度自然が残ってないと、気持ちの逃がしようがないな。目に見える光景のすべてに人の手が加わっていて、持ち主がいて、名前がついていて、境界線があるんじゃね。ぼんやり意味もなく眺めていられるものがなくなるから……そういう話とはちがうかな」

「いえ、そういう話です」

「視界の全部に海だけが広がっているとか、東西南北もわからない暗い森のなかにひとり居る、となったら、ほんとうは怖いけどね。テントもなくたったひとりで森に放りだされたら」

学校よりは怖くない、と薫は思ったが、口にはしなかった。

岡田の声がトーンを変えた。気安い声になった。

「高校卒業したら、大学に行くの？」

「まだ二年だから」

「ああ、そうか。でもすぐだよ。先だと思っていると」

岡田が薫の状況をどれくらい知っているのかわからなかった。親戚の高校生が夏休みに長期滞在する、それだけ聞いているのか。いま、その話をはじめる気分にはなれなかった。岡田だって急に言われても困るだろうと薫は想像した。

「……考古学には関心があります。もし大学に行くとしたらですけど」

「エジプトとかピラミッドとか?」

「日本がまだ国じゃなかったころ、人間はどうだったのか」

「そうか……それはどうして?」

「日本人とか縄文人というのは、あるときふりかえって誰かが決めた名前ですよね。そういう名前を自分たちにつけていない頃のこと」

「集落とか村落とかはあるけど、国はまだない頃か」

「そうです。自分が何者か考えるとき、日本人という拠りどころがない時代」

「その時代のなにを知りたい?」

「人間関係です。いまとどこが同じで、どこがちがうのか」

演奏が終わったので、岡田はプレーヤーのアームをあげ、電源をオフにした。「オーブフ」が静まり返って、換気扇の音だけが聞こえた。

「人間関係か。それはむずかしいな。発掘作業で発見というわけにいかない」

「はい、そう思います」

「家族とか集落とかはあったろうけど、いまとはずいぶん違っていただろうね。生まれても病気であっという間に死ぬ。寿命も短い。家族が目の前でなんの病気かわからずに死んでゆく……」

「病気はいまだって、わからないことがありますよね」

「それはそうだ」

「死ぬのは、いまほど怖くなかったかもしれない」

「どうかな。もっともっと怖かったかもしれないよ」

岡田はそう言って薫を見て、タバコに火をつけた。ジッポのライターのかちりという音。オイルの匂いがした。

「死ぬ瞬間は、本人の感覚も失われているからね。感覚があるうちは、怖いだろうな」

岡田は黙った。タバコのけむりを天井に向けて吐いた。

「人が死ぬのを見たことはある?」

「ないです」

「死ぬまでは意外と時間がかかる。意外とたいへんなんだ。血圧が下がって、心拍数、呼吸数が下がって……これが長くてね」

岡田はそういう場にいたことがあるのだと薫は思った。

「息が止まったとおもってずっと見てると、しばらくしてから、かすかだけど顎がうごいて、息を吸って、吐くんだ。虫の息っていうのかな」

薫は黙って聞いていた。岡田にとってどんな人が死んだのか。岡田はどんな気持ちでそこにいたのか。知りたいとおもったが、口には出せなかった。

「猫の息なら知ってます」

「猫、飼ってるの？」

「はい。フッて、鼻からため息」

「ああ、つくね、たしかに」

「ほんとうの虫の息って、聞いたことあります？」

「ないな」

「虫もおならをするのかな」

薫は前を向いたまま言った。少し声が小さくなった。

「おなら？」

「はい」

「おならか。犬や猫はするね。虫は……あ、カメムシのくさいの、嗅いだことある？」

聞いたことはある。嗅いだことはない。

「ないです」

「人間のおならどころの騒ぎじゃない。まちがって指でつまんだりすると、たいへんなことになる。カメムシがあの匂いを出すと、石鹸で洗っても洗っても、とれないくらい臭い」

薫は剣道の小手を思い出した。でも話すつもりはない。

「カメムシは尻から出すんじゃなくて、お腹の側に穴があいていて、専用の穴だと思うんだけど、そこから出すんだ。気体というより液体に近いものなんじゃないかな。東京にはカメムシなんていないか」

「写真でしか見たことないです。六角形だか八角形の」

「カメムシのは命を脅かされた緊張による攻撃だね。おならは平和だけど」

「おならは平和でも、緊張していても、出ます」

岡田はまだこの話題がつづくのかという顔で薫を見た。

「そうか。薫くんはおならに詳しいね」

「……はい、たくさん出ますから」

岡田は笑った。

「たくさん出るのか……でもおれの前ではしてない」

「トイレでします。チャーハンつくってるときは、派手な音にまぎれてすることもあります。すみません、換気扇まわってるし」

岡田がうれしそうに笑った。「チャーハンか。たしかにいちばんうるさいな。そうなの？正直だな」

薫は人に言うのは初めてだとおもいながら、岡田には言える気がして言った。とたんに楽な気持ちになった。岡田をさらに近しくおもった。親にも言えないでいたことを話している。

「どうしてたくさん出るんだろう。芋の食いすぎ？」

「空気の吸いすぎです」

「空気の吸いすぎ？　どういうこと？」

「呑気症、というのがあるんです」

「どんき？　どういう字？」

「呑む、に空気の気」

「凶器の鈍器かとおもった」

「空気をたくさん呑んで、それが胃から腸におりて、最後におならになって出るんです。ふつうじゃないくらい」

岡田は一瞬黙って、薫の説明を咀嚼する顔になった。

「空気は肺にいくんだよね？」

「食べ物とか飲み物にまぎれると、いっしょに食道から胃にいって、それから腸にもいきます。胃の段階で、ゲップで出す人が多いけれど」

「おれもする。両方する」

「ちがうんです。ぼくのはちょっと普通じゃない。夕方くらいになると、朝から呑んだ空気がもう腸にいっぱい溜まって、お腹がはって苦しいくらい。腸がねじれるのか、それくらい痛くなるときもあります」

「痛いのは困るな。どんどん出すしかないね」

「でも、人のいるところで、ぶーぶー出せない」

「欧米ではゲップのほうがおならよりずっと下品だっていうよ。いいんだよ、おならくらい」

「岡田さんは、つきあってる女の人の前でもぶーぶーしますか」

岡田は黙った。

「静かにコーヒー淹れながらぶーぶーできますか？　教室で授業中にしたら、どうなると思います？　家でだって、一回や二回ならいいかもしれないけど。そんなんじゃないんです。風呂にはいっているときなんか、つぎつぎ、とまらないくらい出ます。つぎつぎです」

「そうか……それは大変だな」

岡田は少し真面目な声になった。

「しかし、どうしてその呑気症だってわかったの？」

「レントゲンにいっぱい、泡みたいなものが写ってて」

去年、薫は柔道の授業で大外刈りをかけられ、腰をしたたかに打った。痛みがひどくなり整形外科でレントゲンを撮ったら、腰椎にはまったく問題はなかったものの、腸に無数の空気のかたまりが写っていた。整形外科医はレントゲン写真を見て驚き、身を乗りだすようにして「これは呑気症かなあ」と呟いた。薫はドンキショウを知らなかったので、なにか恐ろしい病気が写っているのかと勘違いし、ひとかたまりの空気を呑みこんだ。

岡田はタバコを灰皿にこすりつけて消した。

「おならっていうかその空気、レントゲンに写るの？　空気でも？」

「写るんです。大腸のあちこちに泡みたいなものがあって、これ全部が呑みこんだ空気だよって」

「どうしてそんなにたくさん呑むことになったのかな。訊かれても困るかもしれないけど」

「緊張していると、呼吸するたびに空気を呑みこむそうです。ごはんを大急ぎで食べたりしても呑むらしいですけど、ぼくは食べるのがおそいから。でも人のいるところで緊張してるのはたしかなので」

「そうか。緊張すると空気を呑むんだ」

「人によります」

「ゲップは？」

「ゲップって、したことない。どうやれば出るのか」

「そうか。そういう人もいるんだね。どうすれば治るのかな」

「緊張するなと言われてもそれは無理なので。医者はあまり気にしないで様子をみましょう、リラックスして、ごはんもよく嚙んで食べて。それでおしまいです。緊張をやわらげる薬も買ってのんでみたんです。でもたいして効かないし、おならも減りませんでした」

岡田は壁の時計を見あげた。もう十一時近い。掃除をして帰ったほうがいい。薫も時計を見て、岡田を見た。

「よくわかった。教えてくれてありがとう。ぜんぜん気がつかなかった。悪かったな。オーブフではぶーぶーおならしていいから。なんだかオーブフって、おならの音みたいだな」

岡田がうれしそうな声にもどった。薫も「オーブフ」と聞いておもわず顔がほころんだ。自分の気持ちをいったん手放したような、解放された気分だった。

「オーブフって、ロシア語ですよね？」

「ああ、ロシア語」

薫は掃除を始めた。まずテーブルを隅々まで拭く。

岡田はカウンターの内側の片づけに入る前に、レコード棚から一枚選んで引っぱりだした。薫の持っている「オール・シングス・マスト・パス」のような厚めの箱に入ったもの。エラ・フィッツジェラルドの名前は知っていた。「ガーシュウィン」と「ソングブック」の文字が見えた。ジャケットに描かれた勢いのある線の肖像画はエラ・フィッツジェラルドがモデルだろう。岡田はターンテーブルにのせ、アームに手をかけた。針がおりると、伸びやかで朗らかさがあって、ふところの深い歌が始まった。ビッグバンドというよりオーケストラのようなアレンジ。聴いたことのある歌もあった。薫はいっぺんで惹きつけられた。

テーブルの上を拭きながら聴いていた。一部だけれど、聴きとることのできる単語や文もあった。誰かが見守っていてくれる、とか、誰が気にするの、とか、森で迷った仔羊、とか。選曲には岡田の気持ちが少し入っているような気もしたが、気のせいかもしれなかった。

掃除を終えて、岡田と薫は店を閉めた。外には昼の熱の気配はあまり残っていなかった。山の方角から心地のいい風がおりてくる。

岡田に言うことができて、薫は胸のつかえ、お腹のはりがとれたように感じた。帰り道を歩く足のあたりがふわふわした。

岡田からいい匂いがする。大人の匂いだと思った。

「エラ・フィッツジェラルドは幼いころ孤児院で育てられてね。年頃になるとかなりあやしい、あぶない仕事をさせられて、マフィアのいいなりだった」

薫は頷いた。

「薫くんくらいの歳になって、舞台で歌うようになった。十代の女の子の歌にみんな驚いて、聞き惚れた。あんな声で歌う歌手はいないってね」

たしかにそうだと薫もおもった。

「なぜか気持ちが明るくなる。声が笑顔なんだ。あんなきびしい人生を送って、あんな声で歌うというのは、生きることの謎だね。謎というか、プレゼントかな。――汝にうつくしく鳴るものを与えよう、オーブフ」

岡田は最後だけセリフのようにして言った。薫の顔を見て、笑顔になった。

9

数日後の土曜日、遅い時間になってから、岡田の恋人マサコが友だちを連れて「オーブフ」に現れた。友だちが「マサコ」と呼んでいるので、はじめて名前がわかった。マサコの友だちは白のタンクトップにヴィックスドロップをつなげたような青いネックレスをつけ、デニムのロングスカートをはいていた。マサコは赤いTシャツにジーンズ。

席はほぼいっぱいで、カウンターに空席がふたつ、離れてあった。薫が先客に声をかけ、席を移ってもらい、カウンターのいちばん端にふたり分の席をつくった。客に声をかけ、お礼を言っている自分を、もうひとりの自分が意外な目で見ていた。

「こんばんは薫くん、ありがとう」

マサコが言う。友だちは黙って頭を下げた。

兼定はふたりの来訪を潮時に、岡田によろしくと目だけで合図をして帰っていった。

ふたりはすでにどこかで飲んできているようだった。岡田は声をかけるでもなく、無視するでもなく、ほかの客と同じ扱いにしている。

薫が注文をとりに行くと、マサコが言う。

「えーと、炭酸水にたくさんレモンを絞ったのをお願いしていい？」

「わたしも同じのを」

聞こえていたであろう岡田に注文を伝えると、頷いてすぐに冷蔵庫からレモンと炭酸水を取り出した。おおきめのグラスを用意して手早くつくる。岡田は黙ってふたりの前にぴしぴしと音を立てているグラスをおく。こぶりの皿にピーナッツと柿の種。

「あー、おいしい」「ぴりぴりする」と大人の声で小学生のように言い合っている。同じ「カトレア」で働いているのか、それとも同級生かなにかだろうか。

追加注文の多い夜だった。長尻の客がふえると、澱んだ空気が漂うようになる。岡田はテンポの早いインプロヴィゼーションがつづくライブ盤を選んだ。ドラムのソロになると客の声もおおきくなっていった。トイレが使用中だったので、薫は店の隅に行き、ピンク電話がのったカウンターの下の棚にかがんで、チラシや店のマッチを整えながらバネのあるドラミングの音にまぎれて少しでも空気をだそうとした。うまくいかなかった。「オーブフ」で意識するようになったトニー・ウィリアムスのドラムだった。録音された時期をジャケットで確かめ、店の棚にあるガイドブックで調べたら、演奏当時の年齢は薫と二歳くらいしか違わない。走る方向を急に変えるチーターのようなバネと勢いがあり、蹴り出すリズムには軽さと強さがあって、それらの要素が立体的に交錯する。並んで演奏しているほかの大人たちにまったく引けをとらない。エラ・フィッツジェラルドがそうであったように、才能があり実力があればデビューにふさわしい年齢などないということだろう。学校に閉じこめられていたら、トニーもエラも、あのような演奏や歌を世の中にさしだすことはできなかったのではないか。

おおきな音のなかで追加注文をとっていると、耳だけでなくからだも近づけて聞かなければならない。こんな近くに他人の顔があっても動揺しない自分が不思議だった。いちばん端のマサコが薫を見て手をあげた。薫は近づいていき、マサコの顔に耳を近づけた。いい匂いがする。「店が終わったら、みんなで花火あげにいこうって言ってるの。シゲカズさんもいっしょに。行く?」薫は「あ、はい」とだけ言った。「カオルもいっしょ。あなたと同じ名前。ややこしいなあ」マサコのとなりのタンクトップのカオルが、「マサコたちが掃除してるあいだにうちらで花火買いにいこ。開いてる店があるから」カオルは薫の肩に手をおいた。「いい?」「あ、わかりました」カオルの手が離れた。薫は岡田を見た。岡田はフルーツとチーズを切って、白い皿のうえにきれいに並べているところだった。こちらを見る気配すらない。

「薫くん、高校生なん?」

閉店後、外に出るなりカオルは訊いた。「はい」薫は息を呑みそうになりながら答えた。カオルはドラムのスティックのように脚を蹴りだし蹴りだし大股で歩く。炭酸水でかえってアルコールがまわったのか歩くのがはやい。薫はときどきおいていかれそうになり、歩幅を大きく変えた。

「見えへん。大学生かと思うたわ。うちにちょうど同じ高二の弟がおって、だいぶ歳が離れてるんやけど、話にならん。ほんま子どもで」

花火を売っている店はタバコ屋も兼ねていた。打ち上げタイプのものは九時以降は禁止やさかい、と店の老婆に言われながら、線香花火からロケット花火まで何種類も入った袋を指差し、「ふたつちょうだい。あとロウソク台も」とカオルは慣れた様子で買っていく。「浜の花火、ほんまに好きやわ」「おなごが火遊びに夢中になったらあかんわ」老婆はそう言って歯の欠けた口を開け、ふいごのように笑った。「もう店を閉めるさかい……気ぃつけてな」

「おばちゃん、おおきに」

「オーブフ」の前を通り過ぎると、すぐに後ろでドアの開く音がした。岡田とマサコが出てきた。岡田はなぜか野球帽をかぶっている。マサコは岡田の左腕を両手で摑んで、ふざけて引きずるようにしながら薫たちふたりを追い抜いてゆく。明日は休みだ。突然、のびのびした気持ちになる。離れた浜で何組かが花火をあげているのが見えた。山から海に風が流れているので、大きな音は聞こえない。光と、光に照らしだされる煙とが見えた。

「東京は狭くてな、花火あげられるのはせいぜい公園なんやて」とマサコと岡田の背中に向かってカオルが言う。

「そうなん？　かわいそう」マサコがふりかえる。

「マサコちゃんも東京やないの」

「そうやった」

「カオルちゃん！　きょうはおもうぞんぶん打ち上げなされ」

カオルは芝居がかった掛け声をあげた。自分になのか薫になのか、わからない。前をゆくふたりを真似て、カオルは薫の左腕に両腕を巻きつけるようにした。薫はたちまち息が浅くなった。たぶんつぎつぎに空気を呑んでいるのにちがいない。カオルのむき出しの腕がひんやりしてやわらかい。さらさらしている。

「カオル、ご機嫌やないの。薫くんは未成年やからね」

「知っとるわ。弟と同い年や」

カオルはそう言いながら、ますます薫の腕にしがみついた。

「いいやないの。ねえ」

マサコに聞こえないくらいの声でカオルが言う。「いややったらやめるよ」

薫は首を横にふってから「ぜ、ぜんぜん」とかろうじて言った。

「ゼンゼン、ゼンゼンやわ。ゼンゼン花火大会やわ」

薫はクスッと笑った。

「あらおかしい？　へん？」

「いえ」

「未成年よ、大志を抱け！」カオルはまた大きな声を出した。

「やかましいわ」岡田が初めて口をきいた。「声あげるのは浜についてからにせんと」

岡田の関西弁を初めて聞いた。機嫌がよかった。

浜に降りてからしばらく左手に外れ、海の家をこえていちばん東側の誰もいないところまで進んだ。溺れかけてたどり着いたあたりだ。ロウソク台を砂で固定して火をつけた。

四人はそれから会話もなく、ただ「わー」とか「おー」とか「ひゃー」とか言いながら、つぎつぎに花火をあげていった。薫はカオルに手をひかれて波打ち際まで行き、花火の火が寄せる波におちるように、手をまっすぐ伸ばした。

薄い波の広がりに、火花が反射するのが見えた。「見て見て。きれい」とカオルは自然な落ち着いた声で言った。きれいだった。火の粉は波に触れた瞬間に消える。波がふたりの足元まで寄せては引いてゆく。浜の砂がぷつぷつと音を立てるのが聞こえる。

ロウソク台までもどり、また花火に火をつけて、波打ち際にいく。

カオルはときどき手をはなすが、思いだしたように薫の手を握り、腕に腕をまく。潮の匂いと火薬の匂い、それにカオルの甘い匂いが暗いなかで混じりあい、薫は少しくらくらした。

何往復もして、ロウソク台にもどったとき、風にあおられて火が消えた。

「あら」とカオルが声を出す。「マサコちゃん、ライター貸して。火消えたわ」

波の音だけがする。

「マサコ？　どこ行ってん」

目が慣れてくると、岡田とマサコの姿が見えなかった。先に帰ってしまったのか。あたりに人気がないのがわかる。

「なんや、なんも言わんで」

カオルはまだ残っている花火の袋とロウソク台をまとめ始めた。薫はとたんにてきぱき片づけだすカオルに追いつけず、ただそれを見ていた。

「なんなん？」

カオルが地声でつぶやくように言った。怒っているようだった。

鼻をすする音がした。

「おいてけぼり同士でキスでもする？」

正面に来たカオルがやや投げやりに言う。暗くて表情がわからない。

薫はごくりと息を呑みこんだ。

「本気にせんといて」

乾いた笑い声だった。

「ちょっと横になろ。星が見えるから」

薫はさっさと横になったカオルにならい、砂浜にこわごわと、距離をおいて仰向けになった。砂浜はまだ昼の熱の気配を少しだけ残している。

「なんなん？　そんなに離れて」

怒ったような声で言う。カオルのそばに寄った。薫は苦しくなる。

「なんも見えんわ……星も雲隠れやわ」

カオルが気弱な声で言った。

「でも、夜の海っていいですよね」

薫はやっとそう言った。

カオルはすぐには反応しなかった。

「高校生かあ。高校なんてもう忘れたわ。でも、つまらんとこやった。どう？」

「春から、行ってないんです高校」

「そうなん？　わかるわ。学校なんてろくなとこやない。短大も行ったけど、遊びにいってただけやったわ。お金の無駄やった」

薫はそうなんだと思いながら、同意することばが出てこなかった。

「短大出て、パン屋に勤めて。いまもそうやけど。パン屋は朝早いの。朝いちばん早いのはパン屋のおじさんって歌知っとる？」

「あ、知ってます」

「子どもの歌。ＮＨＫ」

「みんなのうたですね」

カオルは「なんなん」と言って、からだをちょっとねじり薫の胸を叩いた。

「え？」と言って薫は身を縮めた。

星の出ていない空に向かってカオルは喋っているようだった。

「パン屋はパンの焼ける匂いがするんよ。焼きたてのパンほどいい匂いはないよ。袋につめたり、お客さんに頼まれてスライスしてても、いい匂いがする。うちは遅番で成形担当なんやけど、早く仕込みから焼きまで全部できるようになりたい思うてるの」

カオルが働く姿を想像する。

「パンは生きものやから、ちょっとしたことでへそ曲げるんよ。天気もそうやし、こっちがいらいらしててもあかん。まずくはないけど、まあまあのパンじゃあ売れへんし、かなしいし、パンに悪いわ。最高のパン焼かんとね」

「……今度、買いに行きます」

「きてきて。ホテルの手前に郵便局あるやん。その郵便局を、ホテルを背にして右に入って五十メートルいったとこ。しろかねってパン屋」

「しろかね」

「トースターある？」

「あります」

「バターロールもおすすめ」

カオルはそう言って薫のほうを向き、頬に軽くキスをした。飼い犬にでもキスするように。

「うちのバターロール、ふわふわよ」

許しを得た大型犬になった薫がカオルに抱きつき頬に口をつけた。そしてむやみに強く抱きしめた。

「ちょっとちょっと、きっついわ。わかったから今日は帰ろ。砂だらけやわ。ね」

カオルは薫の手を握って、起きあがった。宙吊りになった薫は呆然としていた。暗くてほとんどなにも見えないのが幸いだった。

「いつ東京に帰るん？」

カオルは薫の砂だらけの背中をぱたぱたはたいた。薫も真似をして今度はおそるおそるカオルの背中からお尻の下まで、砂をはたいて落とした。

「たぶん八月いっぱいは、こっちに」

「そうなん。学校行かんといかんしね」

「学校は春から行ってない」

「そやったそやった。ええよ行かんでも。学校なんか……そう言ったらあかんか。高校くらい出とく？」

「…………」

「まあええわ。しろかねに来て。食パンもバターロールもためしてみて」

カオルに恋人はいないのだろうかと薫ははじめて考えた。そんなことはないだろうと思った。弟と同い年のなにも知らない自分は、カオルの恋人とちがってえらそうにしない、強引でもない。そういうほとんど無力な男を揺さぶって、その無力ぶりを肌身で感じてみたかったのだ。広場に飼い犬を連れていって、遠くにボールを投げ、回収させるみたいに。薫はからだではなく頭をフル回転させて、いま薫の手を握っているカオルの本意をさぐろうとした。でもまるでわからない。

ふたりは「オーブフ」の前を通った。

「たのしいことはきっと学校の外にあるんよ……おやすみ」

カオルはそう言って、薫の手をはなし、手をふった。

「あの、遅いし、送っていきます」

「あら、そうしてくれる？」

カオルは薫にちょっとしがみつくようにした。実際しがみついたわけではなかったが、薫はよろこびをかみしめた。

「……あのね、パン屋の二階なんよ。遅番っていうても五時からやから朝早いやろ。住み込みなんよ」

「そうですか」

カオルが歩きはじめ、薫もついてゆく。

「一階はパン屋で、二階にはうちの部屋がひとつあるだけ。オーナーはバイクで五分のところに住んでで、通ってくるんよ」

バイクで五分。オーナーは男で、カオルの恋人ということはないのだろうか、と薫はとっさに考えた。

「オーナーとふたりでやってるんですか？」

「オーナー夫妻とうちだけ」

薫はほっとした。そしてカオルをまた抱きしめたい衝動に駆られたが、もちろんそうはしなかった。

「オーナーもオーブフにはときどき行っとるよ。ちょい若はげ気味の短髪で、いつも白いポロシャツで……見覚えある？」

「ああ、たぶんわかります。夕方にときどき」

いつもホットドッグひとつにコーヒーを頼む静かな人だった。

「ホットドッグ？　バンズはうちでつくってるんよ。自分でつくったパンを食べとるん？

へえ、知らんかった。うちは昼間いかんから」

「でも夜も今日はじめてですよね」

「まさか。薫くんが緊張して手伝ってるのハラハラ見とったし。いややわ、二回は会《お》うてるよ」

「すみません」

「オーダーも忘れられたことあるし」

「あ、そうでしたか。ごめんなさい」

「シゲカズさんも聞こえてたはずやのに。ほんまに食えへんヤツ。フルーツとチーズまだかなってうち言うたの、おぼえとらんの？」

　薫は絶句した。手伝いを始めたばかりの頃、何度かそういうことがあった。

「そういうこと、たくさんあって」

「……正直やね、薫くん」

　気がつけばもう「しろかね」に着いていた。

　カオルは着いたとたん、すっかりパン屋の人の顔になっていた。アルコールなどどこにも残っていない顔。それでも薫はその顔をじっと見た。女性の顔を、いや人の顔を、まじまじと見たのは何年かぶりのことだった。「ありがと、またね」カオルはもう薫の腕もとらなければ頰にキスもしなかった。パン屋の脇にある階段をあがってゆくカオルの後ろ姿を薫はただ見ていた。カオルはふりかえらなかった。カオルは薫の恋人ではなかった。

帰り道、薫はアパートまで走った。ときどきうしろに空気をもらしながら。

風呂にはいってまた泡をだし、布団に横になってからもまた、ブフブフと音を立てた。かつてないほどの空気を薫は吞んでいた。

眠りにおちるころになってやっと、薫の腹部は潮の引いた浜辺のように平らになった。平らになった腹にのっていた左手が、なかば無意識に動いて、腹をぽりぽりとかいた。

10

知り合いが死んだという連絡を受けた兼定は、二泊三日の予定で東京に行くことになった。癌だというのは本人からの葉書で知らされていたが、それから半年と経っていない。シベリアでの五年半のうち、最初の二年あまりのあいだ煉瓦工場と製材所でともに働いた男だった。おたがいに生き延びて日本に帰り、たまに連絡をとりあい、何度かは東京で会っていたが、こうしてあっけなく病気で亡くなったことに驚きはない。誰にでもふりかかること、いや誰にもやってくることだと兼定はおもった。

通夜と告別式のついでに佐内の家に寄ってみようかとも考えていた。わざわざ「なにか伝えることはあるか」と薫に尋ねるのはやめておいた。

兼定がいないと、やはり店は手が足りない感じになる。夏休みの海水浴客が増えれば、客も増える。店のドアには毎年、「水着での入店はお断りいたします。店主」と手書きの貼り紙をしていた。

薫は朝食をすませると、昨夜のうちに岡田から渡されていた買い物のメモを手に、岡田の自転車で何軒かの商店をまわり、前後のカゴいっぱいに買い出しをした。玉ねぎ、にんじん、じゃがいも、ネギ、レタス、キャベツ、トマト、ピーマン。ハム、ソーセージ、牛乳、卵は言われたとおり最後に買った。

冷蔵庫にしまい終わると岡田は突然、「やってみる?」と言い、料理を教えてくれることになった。「お客さんには出せないけどな」と岡田は笑顔になる。

ポテトサラダとホットドッグのつくり方を教えられた。

言われたとおりにつくったポテトサラダを味見した岡田は、「これなら上等だ」と判定して、その日のランチから木のボウルに盛られることになった。お客さんに出しても大丈夫なのかと心配になったが、「つぎはなにをつくってもらおうかな」と岡田はふわりと言った。

ホットドッグは自分の分だけつくって食べた。焦げないようにキャベツを炒める。火加減を見ながら、木べらを動かしているだけなのに飽きなかった。ホットドッグの仕上げにぱらぱらとのせる玉ねぎのみじん切りは、薫の包丁づかいではむずかしい。岡田のみじん切りは芸術的に均等で、きれいに光っている。じっと見ていたら目にしみて、涙が滲んだ。

昼の定刻どおりに現れた司法書士の古田が、いつもと同じホットドッグとポテトサラダを注文した。古田の前に皿を置くとき、薫はいつもより緊張した。古田は黙って食べ、コーヒーのおかわりをした。今日も途中でレコードジャケットをチェックし、黙ってメモをとっていた。岡田はどうやら古田のいる時間には、かけたことのないレコードを必ず入れるようにしているようだった。古田がメモをとりに立たない日がないことに、薫は途中で気づいた。それもサービスの一部ということだ。岡田はどうやってレコードを覚えているのだろう。

定刻になり古田が会計に立ったので、薫がレジに行った。料金は毎日同じだ。古田はほとんどいつも、ぴったりの額の小銭を用意している。

古田が財布を内ポケットにしまいながら、薫に言った。

「ポテトサラダ、君がつくったのかな」

薫は一瞬絶句したが、とっさに嘘はつけず、小さい声で「はい」と言った。

「にんじんの厚みが、いつもと少しちがってたからね。そうかなと思って」

そして薫に笑顔を見せ「ごちそうさま」と言い、店を出ていった。薫は古田の笑顔をはじめて見た。岡田をふりかえると、洗いものをしながら会話は聞こえていたらしく、おもしろがっているような横顔をしていた。

昼の客がほぼ捌《は》けると、「ホットドッグのコッペパン買ってきてほしいんだ」と岡田に声をかけられた。「しろかね、場所わかるかな」

薫は顔がこわばり赤くなるのを感じながら「わかります」と言った。

「電話しておいたから、受けとるだけ」

自転車で行く道は、太陽の照り返しでまぶしくむせかえるほどだった。東京より強く太いセミの鳴き声が直接、脳に響いてくる。自転車のチェーンの音がかき消されるほどの蟬しぐれだった。

心の準備も間に合わないくらい、「しろかね」にはすぐに着いてしまった。

店のシャッターが開いているのを初めて見た。

壁も天井も白く塗られている。奥の左側半分には白い壁があり、右側はうしろの工房と行き来できるようになっている。工房のなかは薄暗くてよく見えない。客とのあいだには胸のあたりまでのショーウィンドウ式のケースがあって、客はパンを指さして商品を頼むようになっている。

店内に入ると、カオルの言っていたパンの匂いがした。いい匂いだった。

左の白い壁には手書きの細い字で「しろかね」と書かれてある。その横にさらに細い線で、食パンの輪郭らしきものが描かれてある。カオルが描いたのではないかとおもった。

昼をとうに過ぎているせいか、客ばかりか店員の姿もない。左手のケースには食パンやロールパン、コッペパンが並んでいた。右手にはデニッシュが何種類か、サンドウィッチのセットとコロッケパンが残りひとつずつ。トレイはがらんとしていた。昼どきのお弁当がわりにほとんど売れてしまったのだろう。

前かがみでのぞいていたらカオルの声がした。

「いらっしゃいませ」

ショーケースの向こうにいつの間にかカオルが立っていた。白い上っ張りを着て、白い帽子をかぶっている。笑顔だった。まるで薫がおかしな格好をして現れたとでもいうような目で見ている。

「あの、電話で」

「はい、これ」

コッペパンが注文どおりに入っているらしい大きな白い紙袋を手渡された。と同時にカオルが薫のうしろを見た。「いらっしゃいませ」

「コロネふたつと、コロッケパン、サンドウィッチください」

いつのまにか薫のうしろに立っていた女性客がカオルに声をかけた。薫は邪魔にならないよう横にからだをずらしながら、封筒に入ったちょうどの代金をカオルに手渡した。「ちょうど入ってます」

「毎度ありがとうございます」

さらに次の客も待っていた。カオルは薫の目を一瞬見て、軽く会釈した。それはカオルとしてではなく店員としての会釈だった。

薫は自転車にまたがり、「オーブフ」への道をひきかえした。

カオルはこの前の夜のことを、特別なこととはおもっていないようだ。大人の気まぐれ、酔いにまかせた遊びのようなもの。薫は残念なようなホッとするような気持ちを潰すように、強くペダルを踏んだ。

ウェイター役をこなしながら、待機するタイミングがあればカウンターの脇に立ち、料理の手順を少しでも覚えようと調理中の岡田の手元を見ていた。岡田の手は、包丁や菜箸をつかいながら細かく周到に動いているときと、火にかけられた鍋やフライパンにいったん委ねてしまうときとがあった。かと思うとボウルやまな板や包丁を洗っている。どこにも汚れが残らない。ステンレスのシンクはぴかぴかのままだった。

　岡田も最初は誰かに習ったのだろう。でもいまではすっかり岡田の手順になっている。そこには教えた人の影はもう残っていない気がする。岡田の人となりがそのまま動いている——というより、動きをくりかえすうちに岡田の人となりの一部がつくられていった、ということか。何かを身につけるということは、つねにくりかえしの先にしかないのかもしれない。くりかえすうちに発見があり修正がある。発見と修正から完成にいたるには、どうしても時間の流れ、経過が必要なのだ。そして自然と身につく。

　薫はくりかえしが嫌だった。というよりも苦手だった。時間の流れにしたがうほかないのが、なにより苦しい。そう思いこんでいた。それでもいま見ている岡田の動きは、薫になにかをはたらきかけてくる。苦しくないくりかえしもある。それがすぐに自分を解放してくれるとは限らないとしても。こうして見ているのは退屈でも不快でもなく、それどころかつよくひきこまれた。自分もやってみたいとおもう。

　学校で流れてゆく時間は、薫にとって苦痛でしかなかった。次から次へと嫌なことがつづけざまにやってくるからだ。岡田の料理に流れる時間を見ていると、机に座ったまま授業を受ける五十分とはまったく別の時間が流れている。ただ座ってつらさに耐えていても、そこからはなにも生まれない。永遠に途中経過なのだ。料理はその場でできあがり、その場で食べてくれる人がいる。岡田のように澱みなく自在に料理ができたら、どんなにいいだろう。

二時を過ぎて、客がほとんどいなくなってから、岡田に教えてもらいながら遅い昼食用のレタスチャーハンをつくってみた。フライパンにオイルをひいたら、まず刻んだにんにくを入れる。焦がさないよう弱火でじっくりにんにくの香りを出すことも、それまで知らなかった。フライパンの返しもまだぎこちない。それでも火力の調整と具材投入のタイミングはわかった。できあがったレタスチャーハンを二階に運んでひとりで食べた。岡田のつくるものよりベタベタした重たい仕上がりで、兼定のつくるチャーハンにもとうてい及ばない。でも、薫にはおいしく感じられた。しんなりとしたレタスが口のなかでシャキシャキ音を立てた。自分がはじめてつくったチャーハンに、薫は満足した。つぎはもっとうまくつくりたいともおい、岡田のようにフライパンを軽々とあおる動作を想像した。


兼定は浩一の家には寄らずに、東京駅から新幹線に乗った。

葬儀の参列者はさほど多くなかった。何人も知った顔がいたが、兼定は近づいていって話しかけようとはしなかった。向こうから寄って来れば笑顔になって近況を伝えることもしたけれど、「ぼちぼち」とあたりさわりのない言いかたでお茶を濁すばかりだった。同じような経験をした彼らとも、もうあらためて話すことなどなにもない。会うたびに過去の話をしたからといって、自分たちがこうして老いてゆくのをとめることも、損なわれた過去をそうではない過去に改めることも、できない相談だ。土葬されたからだにも時間が流れ、海の向こうの絶望的に広い大陸の、針で刺した一点のような土のなかに、骨になって横たわっている。もう誰も「ここだ」と指さすことのできない場所は、墓なのかただの草叢《くさむら》なのか見分けることじたい無理だろう。もし、かりに遺骨の収集ができたとしても、生まれ育った家はとりこわされ、あたらしい他人の家が建っていて、親族をたどることさえかなわないかもしれない。

兼定は新幹線にたびたび乗っている。それなのにどうしても、異様なほどの速度に慣れることができない。とりわけ上りと下りがすれ違うとき、これでよく事故につながらないものだと疑わしく思う。窓ガラスや車体が風圧でバフッと軽い衝撃を受ける。何度も風圧を受けつづけていたら、ながいあいだにどこかが緩んだり外れたりしてもおかしくはない。窓ガラスがいっせいに外れ、外気が高速で吹きこんで、弁当や上着や小さな子どもが吹きあげられ、反対側の窓から飛びだしてゆく。そんな絵柄が浮かんでくるから、新幹線で居眠りをすることはめったにない。

斎場の冷房が強かったせいもあるのか、気がつくと風邪気味で、喉が少し痛い。兼定は車内でネクタイをとらず、上着も脱がずにいた。これではどこからどう見ても、葬儀の帰りだ。

それくらい大目に見てもらっていいだろう、人がひとり死んだんだ、と少し開きなおる気持ちもあった。車内販売の幕の内弁当は半分しか食べられなかった。コーヒーもまずくて飲めたものではなかったが、焦げ水と思って飲んだ。ゴミを捨て、席にもどると目をつぶった。揺られながら車内の放送を聞き、遠くの席のサラリーマンの大声の会話を聞くともなく聞いていた。耳のうしろあたりに自分の拍動を感じる。うっすらと汗をかいていたが、ハンカチでぬぐうこともしなかった。

特急「くろしお」に乗り換える前に、駅構内の洗面所で顔を洗った。ネクタイをはずし、ワイシャツのボタンをひとつ外した。喪服の上着も脱いでボストンバッグに載せた。やっと人心地がついた。すでに関西圏に入っているとおもうだけで気持ちがゆるむ。在来線は新幹線とちがいカーブが多い。カーブにさしかかったときの左右への揺さぶりを心地よく感じた。もう乗り換えの必要がないという安心感もあり、兼定は眠くなった。走る車体の音も、レールの継ぎ目を渡る音も、車内アナウンスも、昔とさほど変わらないリズムで、緊迫感がない。列車の走る感覚に身を委ねることができる。兼定は浅い眠りからやがて深い眠りにおちていった。

暗い列車のなかに立っていた。

まわりにいる人間は立ったり座ったりしている。列車の立てる音が直接耳に入ってくる。

風も吹きこんでくる。車体の隅のほうで誰かが咳きこんでいる。

自分はここでは「K」らしい。なぜかはわからないが、みながそう思い、そうふるまっている。だからいま列車に揺られている自分は「K」だ。そのKを自分が見ている。

それにしてもなぜ、ここにいるのか。そんなばかな、と憤る自分は貧血を起こしたようにかすんで消え、頭をはたらかせるもうひとりの自分が現れて、ここから先どうすることもできないのだと悟りはじめている。冷静に、とにかく状況を把握する。まずは状況だ、よく見ろ、耳を澄ませ、そして考えろ——もうひとりの自分が、居眠りしそうな自分に、なかば焦れるようにつよく言い聞かせている。

11

ここで大事なのは名前ではない。

存在を規定するものは、俘虜カード、身元調査書、俘虜番号、被服員数調査表だ。書かれた記録と数字だった。

階級章は日本が降伏したときに効力を失った。ところが、最初に移送された収容所の所長は、階級章を絶対に外すなと命じた。上下関係をそのまま残したほうが俘虜の集団を管理しやすく、規律を保つことができると考えたらしい。

敗戦となり、俘虜として抑留されたばかりの頃、陸軍の将校はときに目を泳がせ、伏し目がちになっていた。階級章が有効だと宣言されるや、あからさまな命令までは下さないものの、自分にはまだ役割も立場もあるという表情に変わり、ふたたび顎があがった。階級章が無効になろうが有効にもどろうが関心のない顔をして、警備兵や所長から命じられたことに唯々諾々と従っている将校もいた。いや、誰もが唯々諾々とするほかはない。それでもなお、そこに苦しみや葛藤が滲む。目にはその影がかならず宿る。しかし唯々諾々とふるまう将校の目にそのような影は見当たらなかった。あたらしい上層部に顔を向け、次の命令を待ちかまえているだけだった。Ｋは将校の光も影もない目を見て、よりいっそう不快と絶望を感じた。

収容所を移ってから「目をつけられるから隠しておけ」と誰かが小声で教えてくれた。たちの悪いソビエト兵は俘虜の私物に執拗な関心を持つ。Ｋは腕時計と万年筆をポケットにしまい、外からは目につかないようにした。ときどき手でおさえてそこにあることを確かめた。

Kは東京を離れ、小樽高商でロシア語を学んでいた。かなわなかったが、海運会社に入るのが夢だった。のちに軍属として渡った満洲では、小樽に共通する匂いをどこかに感じた。しばらくのあいだは「五族協和」のスローガンにも違和感をおぼえずにいた。

俘虜となってから、Kはロシア語ができることを隠していた。

最初に連行された野戦収容所では、ロシア語のできる日本人が通訳として働いていた。ロシア語の命令を訳しているだけなのに、この男が直接命じているように感じられた。事務所《カントーラ》にもロシア語のできる日本人がいた。陸軍の兵服を着ていたが、敗戦国の人間とは思えない顔をしていた。納屋同然のバラックで、寝台の板をそのまま背中に感じるほど薄く破れそうな藁布団に横たわっていたKは、自分のロシア語能力を扱いかねていた。頭がふくらむように感じるまでくりかえし考えるうち、木の壁の隙間から朝の光が差しはじめた。

ふたりの視線が朝食の粥《カーシャ》の入ったひとつの皿に集まると、粥は分銅を使って天秤で薬品を量るくらい精密に、等分に分けられる。ふたりがおたがいを監視しながらの共同作業だった。その水のようにうすい粥をすすりながら、ロシア語を盾に俘虜の立場から逃れるのは危なすぎる綱渡りだとKは思い直した。ロシア語ができることを、ソビエト兵はもちろん、まわりの日本人の俘虜にも一切悟られないようにする、そうこころに決めた。

隊列を組んで歩くとき、斜めうしろで銃をかまえる若い警備兵が「動いてみろ。ぶっ殺してやる」とつぶやいているのが聞こえてくる。自分のからだがロシア語に反応していないかと肝を冷やした。思い起こせばＫが満洲で貨物列車に押しこめられるとき、警備兵は「ダモイ」と言っていた。これで帰還《ダモイ》できる。あとしばらくの辛抱だ。こんな牛や馬や豚なみの扱いも非常事態だからしかたない。思わず警備兵の口元を見て、ほんとうかどうかをたしかめたい気持ちになった。警備兵が訝しげな顔に変わるまえにＫは向き直って暗い貨車に入った。あのときからすでに、自分は警戒しながらロシア語を聞いていたのだ。

　しかし列車が動きだしてしばらくすると、それは間違いだとわかった。小さな換気用の窓から差してくる太陽の光の方向からすると、列車は東ではなく、北西に向かって進んでいた。走れば走るほど、それは動かしようのない事実になった。列車はソビエト国境を目指している。車内の三十人あまりの日本人のうち、頭をはたらかせることのできる者は、期待とは正反対の方向へ物事全体が進んでいると気づき、顔色を失っていった。ことばを信じてはいけない。「ダモイ」は籠に仕掛けられた罠と同じだ。つつがなく貨物列車に人間を積み込むための、たんなる誘い水だった。

　床に崩れるように力なく座りこんだ男の目は、澱んだ池の鈍い光のようだった。なにかを見ることも、考えることも諦めたように、ほとんど動かなくなり、薄くひらいたままになっていた。Ｋはその目を見ないようにした。底の見えない場所に自分まで引きずりこまれてしまう、そう思ったからだ。

冷気の吹きこむ換気窓に陣取っていた男が、国境を越えた、と言ったころには、ほかの誰もがことばに反応しなくなっていた。生きのびるために必要な飲食と排泄だけが、物言わぬ人間を動かす唯一の動機となっていた。

わずかな黒パンと、水のように薄い燕麦《えんばく》のカーシャ。ただでさえ栄養失調気味だったところに、一人前にはほど遠い食糧しか与えられず、外と変わらない寒さの列車で日がな一日移動していれば、具合が悪くならないほうがおかしい。九月末ともなれば夏はとうに終わっていたが、誰もが夏服のままだった。北西に向かう列車は秋を跳び越え、冬も同然の寒気のなかを走っていた。

貨車は廃車寸前の古さで、床の端や扉の隙間から冷気が勢いよく吹きこんでくる。

列車が収容所のある駅に到着したときには、不衛生な水と食事に栄養失調が重なり、俘虜のあいだにチフスが蔓延していた。列車の隅にある床の割れ目が便器がわりで、あたりに悪臭が漂っていた。降車を指示されても自力では立ち上がれない者もいた。駅舎の外に整列させられ、員数と俘虜カードの確認が行われた。表情のない若いソビエト兵が、着古した綿入れのジャンパーをこちらに押しつけるようにして無言で手渡した。ジャンパーの配布が終わると、五列の一団となり、銃剣を構えた兵士に左右を囲まれながら、駅舎から一時間以上をかけ、収容所まで歩いた。

　連日の労働は森林での伐採作業と木材の運び出しだった。途方もない奥行きがあり、先を見通せない針葉樹の森は、日本の広葉樹の森とは景色も空気もまるで異なっていた。行く手をさえぎるほどの鬱蒼とした下生えなどはなく、背の低いシダや折れて落ちてきた太い枝が目につく程度で、どこか殺伐として静まりかえっていた。倒れて横たわる巨木は苔むした岩のようだった。見上げても梢が見えないほど高く屹立する針葉樹の森は、巨大な伽藍《がらん》のように示し合わせた間隔を保ち、酸っぱい香りのする空気をあたりに漂わせていた。小動物のものとおもわれる糞が落ちていたが、おおきな哺乳類の糞や足跡を見かけることはなく、鳴き声もめったに聞こえてはこなかった。

　警備兵が立っていられないほどの吹雪にならないかぎり、伐採作業はつづけられた。過労と栄養失調で体力も集中力も失い、倒れる木を避けきれず片足をつぶした者もいた。刃物で怪我をし、化膿させ、破傷風で死ぬ者もいた。使えなくなった労働力はすぐに差し替えられ、使役はつづいた。

　吹雪になれば製材所に向かい、移動丸鋸《まるのこ》で枕木をつくった。バイカル湖の北を通るバイカル・アムール鉄道の枕木として使われるものだった。通称バアム鉄道の建設作業には懲役刑が科された俘虜が大量に動員され、過酷な使役になっているという。死者もつぎつぎに出ているらしい。

伐採作業でめざましい動きを見せていたのが緒方寿一だった。緒方の故郷は和歌山で、親は漁師だったが、祖父は山で働いていた。揺れる海が苦手で、踏ん張りのきく地面が自分には向いている、そう考えた緒方は、祖父を雇っていた材木商のもとで働くことになった。

Kと緒方は両手挽鋸でふたり組となった。緒方は鋸の引きかた押しかた、腰のかまえ、足のひらきかた、幹に対する刃の当てかた、角度など、短いことばでKに教えた。

「尾鷲《おわせ》ヒノキは間伐も枝打ちもしてもらって、殿様みたいなもんだ。ここのは原生林だから、根性がちがう。手ごわい。だけども、まあ木は木だ」

と緒方は言った。根性がちがう、というのがどういう意味か具体的にはわからなかったが、寒冷地で、長い時間をかけ、間伐も枝打ちもされないまま大木になると、年輪のつまったみっしりと重い木になるのだろうかとKは想像し、見様見真似で腕を動かした。木を伐ると酸味のある匂いが鼻をつく。伐り倒した木にワイヤロープをかけ、トラックに積みこむ作業をするとき、木の酸味とはちがう甘い匂いが漂ってきた。なんども同じ作業をするうちに、その匂いは木からではなく、緒方から出ているとわかった。

緒方はバラックにもどると、誰とも話さなかった。わずかな談笑にもいさかいにも加わらなかった。就寝する前には痩せた藁布団の上に正座して頭を垂れ、目をつぶる。手を合わせてはいないが、祈っているようにも見えた。緒方はまれにKにだけ問いかけてくることがあった。「このままここで、死ぬまで働くのか」と言ったこともある。「俘虜だからいつかは帰されるはずだ」とKは答えた。「日本に帰るのか」と言うので、「そうだ。満洲はもうない」と答えた。

緒方の目は、なにかを求めようとする目ではなかった。自分のなかにあるものを圧し潰し、蓋をしたあと、自分を守ることもやめた目をしていた。不思議に透きとおった目だった。こんなきれいな目を見たことがないとKはおもった。ときおり緒方から漂ってくる甘いような匂いに懐かしさを感じた。小樽高商時代、何度か入った正教会の振り香炉を思いだした。もちろん匂いの種類はちがう。それでも、人の気持ちを鎮める匂いという意味では、似ているところもある気がした。

戦争は殺し合いだ。Kはそう思っていた。しかし、そうではなかった。殺すときは一方的に、無力にひとしい相手を殺す。殺されるときは、反撃の余地も命乞いの余地もなく瞬時に殺される。緒方が殺し、殺される場所にいたのはたしかだろう。殺されなかったかわりに殺したのかもしれない。殺した記憶の残像から、緒方は抜けだせずにいるのではないか。

ほかの俘虜のように、自分の命をおびやかすものからあらゆる手をつくして遠ざかろうとする態度が、緒方にはなかった。同じバラックで、栄養失調のまま病気になり、またたくまに病状を悪化させ、朝になる前に誰にも看取られずに死んでしまった男がいた。新潟の海産物問屋の跡継ぎだった。まだ薄暗い夜明けに、緒方は死んだ男の寝台近くまで来て、膝をついた。憐れみというよりも、どうなるとこうやって死ぬのか、緒方だけに読むことのできるなにかが書き残されてでもいるかのように、じっと男のそばにいた。

緒方と組んだ伐採作業で、Kもしだいに腕をあげていった。成果を期待されたのか、ふたりには太い幹のもの、ひとりではとうてい腕がとどかないほどの大木をあてがわれるようになった。かたわらに立つソビエト兵が、ふたりの作業で大木が倒れるのを見るとき、満足気な表情をしているのがわかった。

めずらしく快晴の日だった。かなりおおきな木の、片側を伐り進み、今度は反対側にかかろうとしたとき、ソビエト兵は銃口を地面に向けたまま、タバコを一本とりだしてKに見せた。「吸うか?」と言った。緒方にも同じ仕草をしてみせた。Kはことばではなく仕草で理解したふうにタバコを受けとり、火をつけてもらい、一本を口にした。半年ぶりのタバコだった。全身の血管が身震いし、頭がくらくらした。Kは緒方に「うまいぞ」と言った。緒方は首をふった。残り半分だけを残し、なお泰然自若としているようにみえる針葉樹を仰いで、それから切り口を見ると、斧を何ヶ所かに打ちこんで、終盤の作業の下準備をはじめたようだった。

タバコを端まで吸い切り、Ｋは作業にもどった。ソビエト兵は銃を脇に置き、地面にごろりと横になり、白々とした切り株に頭をよりかからせ目をつぶっていた。タバコを手渡されたとき、ほんのわずかだが酒の匂いがした。二日酔いなのかもしれない。いまなら、緒方とふたりで襲いかかれば銃を奪うこともできそうだった。しかしシベリアの針葉樹林帯《タイガ》で銃を奪って、自分たちだけで生き延びることなどできるだろうか。食べて眠る場所もない。収容所にいるよりも早く死ぬだけだ。

今度は反対側から鋸を入れる。いつもより角度がついていると感じて緒方を見ると、Ｋの視線には反応せず、強い引きと強い押しをくり返した。タバコのことで憤慨したのだろうか、とＫは疑った。さらに緒方は、じょじょに鋸を自分の右手に引きこむようにした。Ｋの両手は引っ張られバランスを失いそうになったが、両手挽鋸を離さないように、右側にまわりこんで踏んばった。これまでになく早い押し引きにＫの息は荒くなった。さらに緒方は、自分のからだの軸から外れるほど、引きを強くしはじめた。Ｋはその変則的な動きをおかしいと感じ、緒方の顔を見た。見たことのない、むきだしの表情と、くいしばる歯が見えた。無理やり手を止め、緒方に声をかけようとしたそのとき、木の幹が突然ねじ切れるような音を立て、切り口が弾けた。裂けて折れ、根元から外れた幹がおそろしいはやさで緒方に倒れかかっていった。両手挽鋸から外れた手は力なく投げだされ、胸も顔も木にのしかかられるままの緒方は、地響きとともに巨木の下敷きになり、聞きたくない音を立てた。Kの叫びは、声にならなかった。緒方の上半身は地面にめりこみ、白い手だけが幹から生えたように出ていた。

「どうした」うしろからロシア語の叫び声があがった。


Kは呼び出された。

密告された。自分の背骨が瞬間そう感じとり、小刻みな震えがうまれた。何を密告されたのかはわからない。作業の遂行に怠りはなかった。昨日も今日も、作業中、食事中、就寝前、声をひそめた会話さえしなかった。Kにとって、もはや会話はほとんど意味がなかった。

緒方が死んでからKは横流しのタバコを手に入れるようになっていたが、それももうやめていた。最後の一本を爪が焦げくさくなるほど吸いきったのは二週間以上も前のことだ。揉めごとにならないかぎりタバコの取引きは黙認されていた。パンの交換もおなじだった。いったいどんな嫌疑がかけられたのか。

銃を肩にかけた表情のない兵士がKの肩を銃床で小突くようにうながし、夜の暗闇に押し出した。雪のつぶが頬につぎつぎ当たってくる。無数の冷たいぶよ《マシカ》のようだった。

行き先は衛兵所《ワフタ》ではなかった。衛兵所を通りすぎ、その後ろから左へ半円を描きながら歩くと、漆黒の獣が待ち伏せるような姿勢の、窓の配置と中央の扉からは一軒家にもみえる建物が建っていた。Kのふだんの視界には入らない。毎日往復で二十キロも歩いているのに、たった二百メートルほどしか離れていないこの建物を知らなかった。

兵士が重そうな分厚い木の扉をノックし、ひと息待ち、向こう側の声を確かめてから扉を押しあけた。ふたたび銃床にうながされKは室内に入った。ここへ来て一度も感じたことのない、溢れるほどの熱が右手にある暖炉《ペチカ》から放散していた。頰にその熱が押しつけられる。鼻から喉に熱のかたまりが押しこまれる。息が詰まるようだった。

葉タバコの甘い香りがただよっていた。麻痺したようなKの頭の芯に、緩慢に意識がもどってくる。暖気で体温があがり急速にめぐりはじめた血流が、それまで眠っていた黒々とした空腹をよみがえらせた。からだをおおうすべての皮膚が猛烈に痒くなってくる。うながされ、係官の机の前に立たされる。右手後方には銃を抱えた兵士がいる。

「おまえはロシア語がわかるな」

Kは反応しなかった。針葉樹のうろのように、Kのふたつの目は反応しない暗がりだった。Kは眉をひそめることもなく、また係官が何を言っているのかわからない、という顔もしなかった。

「おまえはロシア語がわかる。しかもかなり習熟している。上級者だ」

係官はKの無反応には関心がないといわんばかりに席を立ち、壁際のキャビネットをひらくと、そこから束ねられた紙を引き出した。上の三分の一が切り取られた丈の短い茶の封筒から、薄い紙の束が顔をのぞかせている。自分について、なにかが書かれている。

封筒から引き出した紙の束をめくりながら係官は席にもどった。

「おまえは小樽高商でロシア語を学んだ。ハルビンでもロシア語を使って仕事をしていた」

係官はにこりともせず書類に目をやりながら言った。もう不要だという顔で書類をテーブルの真ん中に向かって軽く投げた。

「英語も少しはできるようだな。ロシア語はよくできる。しかも日本語ができるわけだ」係官は日本語をヤポンスキー・イズィクではなく「ニホンゴ」と言った。「おまえがいまやっているのは凍てつく樹木を伐り倒し、運びだすことだ。英語もロシア語も日本語もなんの役にも立たない……いや、ひとつだけ役に立つことがあるとしたら」

係官はそこでいったん口を閉ざし、Kのうろのように黒い目をのぞきこむようにして、声を低くした。

「命にかかわる情報、生命をおびやかすようなセリフがうしろから聞こえたら、からだが先に反応するだろう。かがみこみ、頭をかかえる」

Kは自分が作業をしているあいだに、そのようなことがあったかを思いだそうとした。緒方が死んだときは、すべてが終わった瞬間に「どうした」と叫び声がしただけだ。警備兵も動顚していた。

死ぬか生きるかを分けるのは、自分のロシア語とは別の話のはずだ。不用意に身構えたりしゃがみこんだりすれば射殺される危険があるのは、俘虜にとっての常識だった。隊列を組んで歩いていて、凍った雪道に足をとられ、路肩から転がり落ちただけで射殺された俘虜がいるという噂は聞いていた。Kはただ、両脇に垂らした手を握った。

「おまえは諜報員のように優秀だ。しかし諜報員ではない」

Kは自分が諜報活動をしていたという嫌疑をかけられているわけではない、と知った。しかし、スープの配分を見極め、粟の数をかぞえかねない俘虜の目つきで、係官はKを凝視した。

「まったく無駄口をたたかない。悲鳴もあげない。ニコリともしない。何を考えているのか外からはうかがい知れない。それはおまえの才能だ」

Kははじめて係官が自分よりも年下であることに気づいた。白い頬の赤みは、この係官の子ども時代の名残りにみえる。鼻の下の髭も年齢に下駄をはかせようとする意匠かもしれない。顎のしたで組み合わせた手は、ノートを取るペンを握ったことはあっても、薪を割る斧すらふりあげたことがないように見えた。

「相談しよう」

係官はそこでいったん口を閉じた。ペチカのある右後方から、薪がはぜるような音がした。一瞬その音に反応した兵士が身じろぎをし、銃を持ち替える音を立てた。係官は髭をひと撫でしてから口を開いた。

「おまえがロシア語ができると誰も気づいていない。これも好都合だ。おまえが日本に帰還したら、日本にいるロシア人の友人を紹介してもいい。天皇政府の支配下にもどれば、おまえはまちがいなく排除されるだろう。そのときにはいつでもロシアに帰ってくればいい。もちろん……」係官は小さく笑った。「こんなタイガにではない。モスクワ、もしくはレニングラードだ。いいか、おまえの生まれた東京はただの瓦礫の山だ。食べ物もなければ住む家もない。おまえの家族も大空襲で死んだとおもっておいたほうがいい」

Ｋは係官をただ見ていた。係官はＫのふるまいには関心がないという態度をかえなかった。

「おまえは捨てられたんだ。天皇政府に。敗戦になって、日本人がこんなに溢れるほどロシアにいるのはなぜか知ってるか」

係官はしばらく黙った。

「天皇政府が早く帰せと要求しないからだ。臣民を敵国に残したまま、知らぬふりを決めている。いま帰ってきてもらっても困る、そういうことじゃないかね。おまえたちを食べさせる余力は天皇政府にはないんだと」

いまここで動くことが許されるのなら、服を脱ぎ、からだを掻きむしることを選ぶだろう。ふくらんだ毛細血管のなかを我先に流れようとする赤血球がすっかり統制を失い、闇雲に回転し、ぶつかりあっているようだった。

「アメリカの無差別爆撃で何十万という民衆が命を落としたんだ。そのアメリカ軍が事実上日本全土を占領している。しかし、そんなことをいつまでも続けているわけにはいかない。我々ばかりでなくイギリスも占領には反対している。連合国と日本で条約が結ばれて、やがて占領は解かれるだろう。そして日本に革命が起きる。人民はかならず立ちあがる」

ソ連軍は国境も条約も踏み潰し大挙してやってきた。俘虜を何年も拘束し、強制労働に就かせている国がなにをしようというのか。Kは目を閉じた。

「……そのためには、同志を支え、組織を強固にする知恵と情報と資金が必要だ。おまえはその知恵と情報をつなぐ任務につく。祖国のために働く」

ほんとうにこのようなやりとりがあったのか。

Kの記憶はそこから朦朧とし、画面は真っ暗になる。

意識がもどるまでにどれくらいの時間が経過していたか、それすらわからない。Kはなんらかの原因で倒れ、病人が置かれる別の棟に放りこまれた。意識がもどると、激しい頭痛がしていた。そこに放りこまれた人間の半分以上は死ぬ、と聞いていた場所だった。Ｋは二枚の毛布にはさまれて寝台のうえに横たわっていた。頭痛ばかりでなく右肩の痛みもあった。なんらかの物理的な作用によって、Ｋは意識を失ったのだ。そしてＫに革命についての話をしていた係官は、二度とＫの前には現れなかった。

Ｋは死ななかった。しかし諜報活動に関わった罪で二十五年の刑が宣告され、懲罰大隊に配属されると、また遠く離れた収容所へと移送された。そして、バアム鉄道の工事の使役につくことになった。

帰国するまで、そこからさらに三年あまりの月日が必要だった。

12

熱した黒いフライパンにバターをのせる。バターはみるみる溶け、いい匂いを立てる。黄色い塊から白っぽい泡がたちはじめたところへ、菜箸で溶いておいた二個分の卵を流しこむ。

フライパンの熱に溶き卵は音を立てて反応する。全体にすばやく筋を入れるよう菜箸をはしらせ、フライパンの黒が見えはじめたら向こう側に卵を寄せていき、フライパンの柄を思い切りよく動かして、くるりと手前に返す。まだ生っぽさの残る卵は内側に丸めこまれ、外側にはつるりとした曲面が生まれる。

薫の料理の腕は、日増しに上達していった。岡田もそれを半ばおもしろがり、これができるなら、こうはできるか、と着地点や難度をあげていった。岡田がさりげなく置いたハードルを、多少どたばたしながらも越えられるようになった。開店直前のまかないを薫がつくることになった日は、冷蔵庫に余っているものを組み合わせてなにができるか、チャーハンやスパゲティ以外のものを考えてみようという応用問題になり、薫はとたんに頭をかかえてしまったが、岡田が「冷や飯でフレンチトーストはつくれないけど」とヒントを出すと、薫は「ああ」と顔が明るくなり、冷蔵庫から冷や飯と牛乳、玉ねぎ、にんにく、ベーコン、チーズを出して並べた。岡田も手を出し口を出し、冷や飯でつくったドリアができあがった。

薫をはさんで岡田と兼定がカウンターに並び、白い耐熱皿に盛られたドリアを食べた。

「これはうまいな」と兼定が言った。

コーヒーの淹れかたは見ているうちに理解したつもりだったが、お湯の温度を適正に下げる手順は教えてもらうまでわからなかった。「豆に注ぐお湯はちょっとだけ冷ます。だけどカップは温めておく。夏はまあいいんだけど、冬は皿もカップも温めておかないと、コーヒーもホットドッグもてきめんに味が落ちる。温度も味の要素だから」と岡田は言った。サラダ用の野菜の水切りがどれだけ大事かも、意識してつくってみればすぐにわかった。岡田はふだん料理やコーヒーの話はしない。開店前の午前中にだけ、薫を相手に気安く話しかける。開店すれば、またいつもの様子にもどった。

ポテトサラダとホットドッグ用のキャベツ炒めは、薫がつくって店に出せるようになった。接客もだいぶなれた。岡田に注意され、爪はこまめに切るようにした。海に行くのは「オーブフ」の定休日の日曜日くらいになった。薫の顔は少し晴れやかに変わりつつあったが、薫自身はそのことに気づいていなかった。空気を呑みこむ量は変わらなかった。

兼定は突然のように、自分で握った塩むすびと漬け物だけの弁当を持ってくるようになった。いちばんうまいのは塩むすびだ、炊き立てのごはんで握ると、昼にはちょうどいい冷めかげんになる。冷や飯を食わされるってまずいものみたいに言うがね、冷や飯は食べものの王様だよ。オレの最後の晩餐は塩むすびだな、と兼定は言った。

岡田と薫がなにかしらつくった料理を食べている横で、兼定は塩むすびを食べ、漬け物をかじり、朝刊を読んでいた。

「来週で八月も最後だな」

兼定が新聞に目をおとしたまま言った。

薫は黙って頷いた。

考えないようにしていても、時間は流れていた。九月になったら東京に帰る約束になっている。この一週間で八月が終わる。

兼定は新聞を畳むと二階に行き、すぐにもどってきた。トイレに行き、花を活け替えた。しおれはじめたものは外し、残ったものは水切りし、あたらしく買ってきた花と合わせる。花の寿命にはばらつきがあるから、にぎやかなときと寂しいときがある。今日はだいぶにぎやかになった。

客はさほど多くないメニューのなかから選んだものを注文し、食べて、飲んで、音楽を聴き、帰ってゆく。毎日が単純なくりかえしだった。かかっている音楽はそのたびにちがうかもしれない。それでもこの広くはないジャズ喫茶で、目に入るもの、口や耳から入ってくるものに、さほどのちがいはない。ここでつくられるものは、ここで消えてゆく。東京にいたとき、薫のまわりには家と学校しかなかった。ここにあるものはなんだろう。ことばでは言えないような気が薫にはした。

「しろかね」には、一日おきにコッペパンを仕入れに行った。

同じ名前の「カオル」は、「薫」ではなく「夏織」だった。パンの袋といっしょに渡される納品書の担当欄に「妹尾夏織」と青いハンコが押されてあったのを見て、「カオリと書いてカオルと読むんですか？」と薫は間の抜けた尋ねかたをした。カオルは苦笑いしながら「カ、オ、ル。百人おったら百人にカオリって読まれるんよ」と鼻に少し皺を寄せて言った。カオルについてあらたに知ったことはそれだけだった。

パン屋の店員としてのカオルはいつ訪ねても表情が安定していて、夜の海辺でいっしょに花火をしたときの顔はもうどこにも見いだせなかった。

岡田の相手であるらしいマサコは、土曜の夜に「オーブフ」にやってくることがあったが――そして夜の終わりには岡田の部屋にたどりつくようだったが――、カオルはあのあと一度もやってこなかった。マサコには以前ごはんを食べようと誘われていたけれど、あらためて声をかけられることもなかった。たぶんもう忘れているのだろう。高校二年の男子など、道端ですれちがう散歩中の犬のようなものかもしれない。尻尾をふれば頭くらい撫でてやってもいいけれど、連れて帰ろうとは考えもしないはずだ。散歩中の犬はただ前方を見て横を通り過ぎればいい。

どこへでも、どうにでも投げられそうに感じられ、手のなかで熱さえおびていたやわらかなボールが、跳ねることも転がることもなくただ机のうえに置かれたまま、平熱にもどり、静止している。もうどうやって手を伸ばしたらいいのか、わからない。そのことを残念におもう気持ちは、もちろん薫にはあった。しかし薫はやわらかいボールをどう握って、どこへ、どれくらいの力で投げればいいのか、まったくわからなかった。料理のことは岡田に訊くことができても、それを岡田に訊くことはできない。カオルと薫を夜の海辺に残して去っていった岡田とマサコは、なにを考えていたのか。カオルからなにかを聞いたろうか。特別な夢から醒めても、歯を磨いて顔を洗えば夢の感触は薄れる。いつもどおりの一日がいつもどおりに始まる。

「しろかね」に一日おきに通ううちに、あの日の夜のカオルよりも、パン屋の店員としてのカオルに別の好意がうまれるようになっていった。

白い上っ張りを着たカオルは、花火の夜に隣にいたカオルの昼の顔、別の姿ではないと気づく。さまざまな客に明るく落ち着いて対応するのは、いつでもどこでも変わらずにあるカオルの素顔なのだ。客とやりとりしながら、パン種をこねるように自分でつくりあげていった素地は、無心にはたらくうちにおのずとできていったのだろう。こうありたいと意識してつくったのではなく、パンをつくり、客とやりとりするうちに身についた表情だから、いつ見ても変わらない。

パン屋の白い上っ張りと帽子を脱ぎ、誰にもひとしく見せられる素地をたたんで、たったひとりの相手にあふれてくるものを見せたり触れあわせたりするのが恋人だとすれば、自分にはカオルの恋人になるのはとても無理だ。自分にはまだなんの素地もない。さしだせるものもない。そのことを誰よりも自分が知っている。恋人ができるのと同じころに、自分には誰にでもさしだせる、安定した素地をつくることができるのだろうか。

それとも恋愛というものをすれば、おのずと素地もできてゆくのだろうか。

なにもかもが、わからなかった。

自分が考えられないほどたくさんの空気の泡を下腹部にためこんで、ためこんだ分だけ出すしかないおなら仕掛けの奇妙な人間だということを、どうやって相手を幻滅させずに知ってもらえるのだろう。こうしてお腹をふくらませているかぎり、恋人などできないのではないか。恋愛の経験などない薫は、自分のなかで右往左往する妄想で、恋愛のハードルをぐんぐんあげ、見上げるほどのハードルをどう跳ぶべきか、そのかたちばかりを考えていた。自分では気づかないまま、そこから逃げようとしているのかもしれなかった。

それでも夜になり、ひとりになって布団に横たわり、一日のものをすっかり出して、おなかが穏やかに平らになると、こんどは妄想の泡がふつふつと頭のなかに生まれてくる。

白衣と白い帽子を脱ぎ、白のタンクトップにヴィックスドロップのようなネックレスをかけていたカオルは、アルコールでやわらかくなった声や態度で、ずっと年下の自分にふたたび手をのばし、冗談めかして腕をまわしてくる。薫はカオルとのことをあれこれ反芻し、こんどはもっと大胆にカオルに抱きつき、さまざまなことをはじめている。薫は突然、カオルを組みしくようにする。カオルは目をつぶって、それから目をあけ、薫をじっと見る。

妄想はなんの実体もない料理だった。粉に水と卵とバターを加え、生地ができるまでこねる。空気を抜く。棒で丸くひきのばし、そのうえに自分の好きな具材をちりばめ置いてゆく。オーブンに入れて焼きあげ、食べたいところから遠慮なく口にふくむ。唇のまわりになにがついてもかまわない。それは現実の恋愛とはちがう、身勝手で一方的なものだ。始めたらとめられない。身を震わせるよろこびが間歇泉《かんけつせん》のように噴きだす。たったひとりの、誰も見ていない奇妙な踊り。

午前二時を過ぎていた。

妄想ではないカオルにふれること抱きつくこと自分の口をおしつけることは、カオルにとってよいこととはかぎらない。なにがよくて、なにがよくないのか。それを知ることはできるのか。自分がこうして考えていることを誰も知らない。おたがいに知らないことを、知らないままでどうやってすりあわせていけばいいのか。父の書棚にある『恋愛なんかやめておけ』という本が気になっていた。手に取ったことはなかった。ときどき目に入った。東京に帰ったら読んでみよう。父に借りるのではなく本屋で買って。

山から降りて海に向かっていた風がやみ、薫の耳には波の音がかすかに聞こえていた。もう誰もが眠っている。

東京の夜はもっと寝苦しいはずだった。

13

東京に帰る前に、薫は一泊二日の旅に出た。

えらんだ行き先は、温泉も海水浴場もホテルもない、なんの変哲もない小さな海辺の町だった。

店に置いてあったガイドブックをめくりながら、観光客には人気のなさそうな、でも歩いてみるのによさそうな町がないかと探してみた。考えてみれば、ガイドブックにそんな場所が紹介されるはずもない。地図の上を海山沿いに砂里浜から東へと移動してゆくと、山と海に挟まれた小さな町があった。漁港があり、駅があり、郵便局があり、山のふもとに神社がある。歩いても行けそうな距離に岬もあった。岬の突端にも神社のマークがあった。電話帳で調べると、その町には民宿が二軒だけあるとわかった。おそるおそる一軒目に電話をかけた。無愛想な女性の声が向こうから聞こえて、あっけなく宿泊の予約を入れることができた。

旅といっても、砂里浜から各駅停車のディーゼル車に乗り、四十分ほど揺られていれば着いてしまう近さだった。山と山のあいだを川が流れて、やがて海にそそぐ手前に、低い家並みが肩を寄せあっている。古い駅舎は町に入るための裏木戸のような佇まいだった。海岸線が弓なりになった湾もすぐ目の前にある。駅のうしろは鬱蒼とした森だった。森の奥から向こうは、そのまま山になってせりあがっている。

おそろしいほど大量のセミの鳴き声がする。こんなにいっせいに鳴いて、雌は相手を選り分けることができるのだろうか。たまたま近くで鳴いていたから、ということになるのではないか。

セミにくらべて人の気配はほとんどない。午前十時を少しまわったところで、下車したのは薫だけだった。時間調整でしばらく停車しているのか、ゼロゼロゼロとディーゼルエンジンの音が聞こえる。列車は町中へ歩きだす薫の背中を見届けているようだった。

目指す民宿は駅から近く、すぐに見つかった。

平屋木造の民宿は、寺の宿坊のように静まりかえっていた。開け放したままの玄関で声をかけると、愛想のない宿のおばさんが——民宿なのだからこの家の奥さんだろうか——すぐに現れて、「ではこちらへ」と言い、軒下からすだれが降りている縁側の廊下を先に歩いて案内してくれた。ふたりで廊下を歩くと、開け放たれて二重になったガラス戸がかたかたと鳴った。

部屋は大きな座敷を襖で三つに仕切ってあるだけのようだった。薫の案内された部屋はそのいちばん奥だった。ひとりでいるには広すぎるほどの座敷で、立派な床の間まであり、日に焼けた掛け軸がかかっていた。中国の山奥のような景色が描かれている墨絵で、はるか下にある渓谷を一艘の舟がくだってゆく。切り立った崖から数本の松が舟を見下ろしている。舟はどこかをめざして永遠にとまっている。

おばさんが扇風機のスイッチを押してくれた。「強」の首振りにしたせいか、古い畳の匂いがした。

なぜこんなところにひとりで、という顔をおばさんは隠そうともしない。夕食も朝食も七時からだがそれでいいか、とたずねられ、薫は、はいお願いしますとだけ答えた。

「岬の灯台まで行ってみようと思うので、ちょっとしたら出かけます」と薫が言うと、おばさんの目が薫のリュックに向かった。「貴重品は金庫でお預かりもできますよ」

「いえ、これひとつなので、持っていきます。大丈夫です」

ひとりになった薫は畳の上で横になった。おばさんの去ってゆく足音と床のかすかな揺れ。

扇風機の風が足元から顔に抜けてゆく。古い畳の匂い。頭と目だけ動かして部屋のなかを見渡す。隣の部屋との境は襖だが、襖の上は欄間になっている。欄間越しに隣の部屋の天井が見える。隣にほかの客がくれば音は筒抜けだ。扇風機の風が床の間の掛け軸に向かうと、下側が風で持ちあがる。首振りの風が去ると軸棒が土壁にあたり、ここん、と音がする。遠くの蟬しぐれも聞こえる。薫はなるべく音のしないようにおならをした。家族から離れ、親族からも離れた自分が、このままここで失踪したらどうなるだろうと考える。

学校に行かなくなり制服も着ていないのに、自分がまだ高校二年のなかに閉じこめられている気がする。高校をやめれば自由になるのか。薫はそれほど楽観的ではない。高校をやめても、自分をとめるピンがはずれて床に落ちるだけだ。落ちた薄い紙は誰かにあっさり踏まれるか、風に飛ばされるかだ。なにも書いていない白い一枚の紙切れに、自分の行き先などわからない。だとするなら、あと一年半、目をつぶり耳をふさぎ鼻をつまんで学校に通い、卒業してしまえばいいではないか。教師や親に言われなくても、それはわかっている。問題は、どうしたって学校に行けそうにおもえない、ということだけだ。

大学受験をやめてしまったら――料理の仕事はどうだろう。食べてくれる人がいて、お金を払ってくれる人がいなければ仕事にはならない。見ず知らずのレストランや料理屋で、皿洗い、下ごしらえの修業から始めることになれば、高校に通う息苦しさどころではないだろう。一人前になるまでに十年はかかる――そして、なにをするにしても、どこであっても、かならず見知らぬ他人がいる。

ひとりでは生きていけない。

誰かと、つまり女性と特別な関係になれば、理不尽な日常でも我慢して働くことができるのか。両親を見ていれば、そうとも思えない。

父は料理をしない。皿洗いも、洗濯もしない。洗濯物もたたまない。掃除だけときどきやる。ほんとうは苦手な料理をうけおっている母は、料理をすることなど考えもしない父をどう思っているのか。

自分は「オーブフ」で料理のまねごとをしておもしろいと思った。料理をおもしろいと思う感覚は、父からはもちろん母からも受け継いではいない。そんなことを感じたり考えたりしたのは、はじめてのことだった。

包丁一本さらしに巻いて生きていこうか。自分を茶化すような演歌が頭に浮かぶのは、本気になるのをおそれているからか。

ここで考えていてもしかたない。

薫はそう思って起きあがり、扇風機を止め、岬まで歩いて行くことにした。

玄関で靴をはきながら「出かけます」と誰にともなく声をかけると、待っていたかのようにおばさんが奥から出てきた。心配そうな表情を隠さず、薫の顔をうかがっている。「何時ごろ、おもどりかね」と言う。「岬に行って、どこかでお昼を食べて、元気があったら町のなかを歩いて……どんなに遅くとも夕方にはもどります」薫は考えていたとおりのことを口にした。「そうだ、あの、岬に行く途中とかに、食堂とかレストランとかありますか」

「あるにはありますよ。一軒だけ、食堂が」

「そうですか。寄ってみようかな」

薫はつとめて明るく話したが、おばさんはまだ、高校生がひとりで泊まりにきて、海にせりだす灯台にでかけてゆくなんて大丈夫だろうか、自殺したりしないだろうか、という顔で薫を見ている。薫は申し訳ない気がして、笑顔で「行ってきます」と言ってみたが、ぎこちない笑顔はかえって逆効果になったようだ。

「気ぃつけて」とおばさんは言った。

「あ、ちぃと待ってな」玄関を出たところでおばさんに呼びとめられた。

おばさんは玄関の壁にかけてあった麦わら帽子をとって、ぶっきらぼうに言い添えた。

「これかぶらんと、頭焼ける」

薫は「ありがとうございます」と言って素直に頭を下げ、麦わら帽子を受け取った。「行ってきます」

古びた顎紐が、耳や頬のあたりで揺れた。

海風が吹くなかを国道沿いに西に向かってしばらく歩くと、さほど大きくはない森を濃い緑のこぶのように背負った岬が太平洋に向かって延びているのが見える。こんもりとした森は亜熱帯植物の原生林らしい。

岬が近くなると、セミがみっしりと切れ目なく鳴いている。国道を左折して、岬の突端に向かう遊歩道を歩いた。とたんに海風が弱くなる。湿度が高く、出てくる汗が乾かない。頭がちくちくするので、麦わら帽子を脱いで手に持った。

ここを最後に行き来したのは誰なのだろう、と疑りたくなるほど遊歩道には人の気配がなかった。細い枝や乾いた葉がたくさん落ちている。森のなかには名前のわからないシダのような植物が青々とした匂いを立てて繁っている。近くの木の繁みから、薫に驚いた鳥が羽ばたいて飛びだしてゆく。薄暗い道を抜けると、広々と明るい場所に出た。日差しを浴びる遊歩道は下り坂になり、岩がちな浅瀬の両側に小さな湾を見渡しながら、ふたたび坂道をのぼり前方の森のなかへ入ってゆく。岬の先端はひとつの島になっていた。

森に入る手前に案内図があった。ここから先に神社があるらしい。遊歩道が続いているから立ち入り禁止というわけではない。ふたたび森に入るところに鳥居があり、その下をくぐる。気のせいか、森の木々の色合いが深く濃くなってきたように感じられる。セミの鳴き声もまばらになった。あいかわらず誰ともすれ違うことがない。途中で神社への参道があったが、そちらには入らずにまっすぐ進んでゆく。するとまもなく、木々のあいだから白い灯台が見えてきた。

灯台はさほど大きくなかった。白いペンキが塗られているのではなく、白い小さなタイルがぐるりと貼られている。プレートがあり、薫の生年より少し後に建てられたとわかる。それから同じ場所でずっと、海に向かって光の筋をのばしているのだ。

灯台の向こう側にまわり込む小径があった。雑草がはびこっているので誰も足を踏み入れていないのだろう。薫はそこからさらに海側への細い道を先へと進んでいった。

灯台の前の岩場は、海から十数メートルほど高い場所にあった。たしかにここから飛び降りたら、助からないかもしれない。海の色は青黒く、深そうだった。泳げない薫が落ちたら間違いなく命がないだろう。

薫は麦わら帽子をかぶり紐をしっかりと顎の下で結んでから、両手をつかって岩につかまり、足元に気をつけながら灯台の前の方へとまわりこんでゆく。目の前にまぶしいほど日の当たる平らな場所が現れた。見渡すかぎりが太平洋だった。岩場の下から波のあたる音が聞こえてくる。潮の匂い。股間のあたりがざわざわする。薫は乾いた岩をえらんで腰を下ろした。

目の前には海だけが広がっている。つよい流れの黒潮の海だった。

沖合を大きな船舶が通りすぎてゆく。

海はおだやかで波頭も見えない。タンカーのような船もあれば、貨物船のような船もある。波を切って進むのではなく、音もなく海面を移動しているように見える。ここから船までの距離も船の速度も見当がつかない。それぞれの船はどれくらい時間をかけて、どこへ向かおうとしているのか。どこからなにを積んで帰ってきたのか。

船を操る人も、そこで働く人も、遠すぎて見えない。

アメリカに行く船もあるのだろうか。今日、どこかの港に入ろうとしている船もあるのだろうか。船を見ているだけでは、行きか帰りかもわからない。

大叔父は高校生のころ、貿易の仕事をしたがっていた、と聞いたことがある。小樽の学校に行ったのもそのためらしい。北海道の学校に行くなんて大叔父らしいとおもった。そのころから冗談ばかり言っていたのだろうか。

飽きるまで海を見ていようと思ったが、飽きることはなかった。薫はただ見ていた。目の前の光景をただ網膜が受けとめていた。

沖合の船を見ていると、時間が流れることにおおきな意味はないとおもえてくる。人間は流れる時間のなかで生きている。カレンダーをつくり時計をつくり、時間や歳月をはかっている。それは時間の影のようなもので、時間そのものではないと薫はおもう。見えるようで見えないもの、誰にも止められないものである時間が、このような光景としてあらわれている。それをことばにするなら美しいということではないか。

船は、離れて見たときにはじめて光景となる。音もなく動いている船を、動かされているとおもう必要はない。動かさなければとおもう必要もない。どうしようとしても、それは動いているのだから。

眼下に打ち寄せる波は、おおきな時間の流れや動きとは別に、ただそこで生まれる小さな事故のようなものかもしれなかった。誰も気づかない事故。自分がなにを失敗しても、この波と変わらない。誰も見ていなければ誰も気づかない。

薫はおおきく伸びをした。そのときめまいがした。そのままじっとしていると、海風を感じた。そしてまたあくびをした。何度もつづけて、あくびが出た。あくびに押し出された涙が潮風にさらされている。薫は鼻をすすった。

心配そうにしていた民宿のおばさんの顔が浮かんだ。

岬から国道までもどるあいだも、誰ともすれちがうことはなかった。

国道沿いに、民宿のおばさんが言っていた、すっかり洗い晒したような木造平屋の定食屋があった。腕時計を見ると一時を過ぎていた。

案の定、客は誰もいなかった。ビニールクロスのかかったテーブルが並んでいる。海側は窓になっている。そのひとつに座っていた老人が店主のようだった。天井近くの神棚のようなところに据え置かれたテレビで国会中継をじっと見ていた。国会中継を熱心に見ている人をはじめて見た。その老人の妻らしき人が注文をとりにきた。薫は冷やし中華を頼んだ。老人は席を立った。国会中継はそのまま流れていた。

あまり冷えていない冷やし中華を食べ終わり、薫は店を出た。老人はまた同じ席にもどって、熱心に国会中継を見はじめた。断片的に耳に入ってくる政治のことばが、海沿いの国道にへばりつくように建っている定食屋の老人とどのように関係するのか、薫にはまったくわからなかった。

「ただいま帰りました」

薫は自分の声が少しはずんでいるのを感じた。

「はーい、お帰りなさい」

おばさんは手拭いで両手を拭きながら部屋から飛びだしてきて、玄関に立った。見送りのときとはうって変わって満面の笑みだった。

「ようけ歩いて。おつかれさま」

なにがそんなにうれしいのかというくらい、機嫌がよかった。おばさんはほんとうに心配していたのだ。薫はそう感じて、申し訳ないようなありがたいような気持ちになった。「これありがとうございました」と言って、麦わら帽子をおばさんに渡した。「こんなんでもよかった？」と笑顔で訊かれて、「はい、助かりました」と答えると「ええんよ、なんも遠慮せんで」と言った。

風呂からあがると、薫の隣の部屋に家族がいた。小学一年生くらいの男の子と両親と祖母のようだった。

男の子は薫をみとめると、意外なものを見たような顔になり、そばにいる母親に向かって「ひとりや」と言った。「おおきな声ださんで」とおばあちゃんにたしなめられている。いちばん言われたくないことばを狙いすましたように言われたような気がした。

そうなんだ、ぼくはひとりだ、と胸の内でつぶやいた。

タチウオの刺身、冷奴、トマトときゅうりのサラダ、味噌汁にごはんの夕食を済ますと薫は扇風機をつけ、ごろりと横になった。

まもなく耳もとに嫌な音がして、薫は飛びおきた。薫のいちばん苦手なもの。蚊だった。

また隣の部屋の前を急いで通って、おばさんのいそうなところへ声をかけた。「すみません。あの、蚊取り線香はありませんか」

「あるある。使《つこ》うて」とおばさんは言いながら、蚊取り線香と灰受けの皿とマッチをまとめて渡してくれた。

隣の部屋の前を通ってもどるとき、男の子が遠慮なく凝視した。

薫は気づかないふりをして通りすぎ、自分の部屋の真ん中で蚊取り線香を焚いた。

男の子はいっときも落ち着かず、廊下を走ったり、その勢いでついこちらの部屋の前まで来てしまったというふりをして、薫の部屋を覗きこんだりした。自分なんかにどうしてそんなに関心があるのか。あれくらいの年の頃、こんなにあからさまな態度で他人への関心を示したことはなかったとおもう。あいかわらず叱ったり注意したりするのはおばあちゃんの役目で、両親はふたりでぼそぼそと話している。

薫はこういう男の子をあしらうすべを知らなかった。

通りすがりに、よその家で飼われている犬から執拗に吠えられているのと同じだった。蛍光灯の光の下で文庫本を読もうとしても、男の子の気配に気が散って頭に入ってこない。

あきらめて眠ることにした。

部屋の中央に敷いた布団の上に糊でパリパリになったシーツをかけ、ソバ殻の枕を置き、天井の蛍光灯を消した。

扇風機は「弱」の首振りにして、そのままつけておいた。

欄間から隣の部屋の灯りがさしてくる。

「もうねとる」と男の子の声が聞こえた。「こら」とおばあちゃんの声。

また蚊の羽音がしたので飛び起きる。扇風機の風が蚊取り線香の煙を吹き飛ばしているのかと思い、スイッチを切る。

どすん、と今度は襖を蹴る音がする。めずらしく父親が叱る低い声。

薫には男の子の頭のなかにあるものがまるでわからない。わからないようでわかる気もする。ひとりで泊まっているのが不思議ならそれでかまわない。自分には説明する義理もなければ愛想をふりまく理由もない。相手になる必要はない。

だんだんと攻撃的な気持ちが芽生えてくる。

今度また襖を蹴ってきたら声をあげてやろうか。

寝つけずにいると、隣もやっと眠る準備を始めるのがわかった。そしてまもなく静かになった。庭のほうから虫の声がする。虫はもう秋の準備をしている。

薫は眠れなかった。

気づくと部屋には蚊取り線香の煙が澱むように漂っている。なのに何匹も蚊が飛んでいる。半分身を起こすと、蚊取り線香の煙で意識を失った蚊が畳に落ちる音がする。おどろくほど大きい蚊のようだった。さらに驚いたことに、一度落ちた蚊がまた飛びあがっている。

この蚊は、ふつうの蚊取り線香ではめまいがして落ちることはあっても、死ぬことはないらしい。そしてなぜか薫を刺そうとしなかった。

隣の部屋から父親のものらしいいびきが聞こえてきた。

お腹がはっていたが、おならをする気にもなれず、蚊の羽音を耳にしながら薫はため息をついた。

東京に帰って砂里浜のことを訊かれたら、この蚊の話をしよう、と薫は思った。蚊取り線香では死なず、気を失って畳に落ちても、また意識がもどって飛び立つ蚊がいた、と話すことにしよう。

14

兼定は家ではあまりジャズを聴かない。テレビもほとんど見ない。つけるとしたらラジオで、騒々しい番組になるとすぐに消した。

薫が東京に帰り、だいぶ気が楽になった。ほとんど何もしてやれなかったが、姿が目に入れば、考えがおよぶ。およぶが、なにをしてやれるわけでもない。薫を見ていると、いたたまれない気持ちになるのはどうしてだったか。

薫の年頃には小樽高商にいた。東京から離れて暮らしていた。小樽は東京にいるときよりもヨーロッパを近くに感じた。ロシア語の教師は白系ロシア人だった。ウラディーミル・スミルノフ、あだ名は「ヴォトカ」だった。スミルノフは授業中よくヴォトカをめぐる雑談をした。ヴォトカはロシア帝国の根幹にあった商品で、もっともすぐれたヴォトカのメーカー、スミルノフ――その名前を口にするとき、おおげさに強調した――がロシア革命でフランスに亡命したことが、ソビエト経済の命運を分けた、というのが半分冗談、半分は本気の自説だった。「商業は大事です。日常生活を支えます。日常生活を支えるものはなんですか。食べものと水とお金とことば。それから君たちにはまだはやいが、お酒です」

スミルノフはその後、小樽で結婚した日本人の妻とアメリカのボストンに渡り、教職にはつかず、ピアノの中古販売会社を始めたと聞いた。

自分に未来があると漠然と感じることができたのは小樽時代が最後だったかもしれない。もちろんいいことずくめではなかったが。小樽時代にロシア語を学ばなければ自分の運命はまるでちがっていた――と思えば、小樽が最悪の時期の序章、始まりでもあったわけだ。

東京が好きかと訊かれても答えに窮するが、銀座がいまでも好きなのは間違いない。官公庁も工場も住宅街もない商業の街だからかもしれなかった。佐内の家のある住宅街はいつのまにか生垣がなくなって、どこもかしこもブロック塀になり、すっかり殺風景になってしまった。

薫は砂里浜に訪ねてきたばかりの頃よりも表情がやわらかくなった。日にも焼けた。客への応対もできるようになった。

岡田が予想よりはるかに熱心に薫の面倒をみてくれたのもありがたかった。この店で無口な岡田があれほど喋るのには驚きもあった。自分とふたりだけで働いている閉塞感が岡田のなかにはあったのだろうか、薫はそのガス抜きのような役割を果したのか——これまでは思いもしなかった疑念まで生じた。

自分には岡田を拾いあげた、岡田を助けた、という気持ちがどこかにある。もっともなにから助けだしたのかと訊かれたら、わからないと答えるしかない。よく考えれば、助けられたのは兼定かもしれない。そもそも人はほんとうの意味で、誰かを助けることなどできるのだろうか。

岡田はいつのまにか、「オーブフ」から逃れられなくなっていたのではないか。もしもそうであるのなら、それは兼定の望むところではない。岡田にはすべてを相続してもらい、店を畳むのもアパート経営をやめるのも自由、そう考えてもらうようにすれば、おたがいにいまよりは気楽になれるのではないか。

しかしまだ言いだしかねていたし、そもそも兼定が死なないかぎり、空手形も同然の話ではある。オレが死ぬまで待ってくれ、とは言えない。明日死ぬかもしれないし、あと十年は死なないかもしれない。

薫が帰京して半月が過ぎるうち、山から降りてくる風もだいぶ涼しくなってきた。海の家は撤収され、浜辺の人影も半減した。

兼定は古い安物のコンポーネントステレオのスイッチを入れ、レコードをかけた。モーツァルトの最後から二番目の交響曲、第四十番の第二楽章だけを、ときどきかけて聴く。

小樽高商にはクラシックをよく聴く人間が少なからずいた。しかし文学好きの人間がセットで嗜むちょっと気取ったもののようにも感じ、兼定はどこか敬遠していた。親しくしていた神戸の造り酒屋の息子の下宿には蓄音機があり、モーツァルトの三枚組のＳＰレコードがあって、うやうやしく取りだされたものを聴かせてもらったことがあったが、胸騒ぎがするほど興奮したのは、英語の教師が携帯用蓄音機で聴かせてくれたジェリー・ロール・モートンのニューオルリンズ・ジャズのほうだった。

兼定がモーツァルトの音楽にふたたび出会うことになったのは、シベリアでだった。

収容所には音楽はない。頭のなかでふいに音楽が鳴ることはあった。ビックス・バイダーベック、フレッチャー・ヘンダーソン、ジャンゴ・ラインハルト、コールマン・ホーキンス、ルイ・アームストロング……しかしジャズは、シベリアのタイガや酷寒《マロース》にはあまりに似つかわしくなかった。ふさわしいとすればグレゴリオ聖歌か、あるいは当時まだ聴いたこともなかった現代音楽だろうか。

シベリアにふさわしいのは音楽ではなく、ぶよが顔のまわりを飛ぶ音、雪のなかを防寒長靴で歩くとき、雪がクフ、クフ、クフときしんで鳴る音だろう。好きだった音楽が、シベリアにいるあいだに兼定のなかではしだいに薄れ、やがて消えてしまった。

伐採作業を終えて収容所にもどり、わずかな粥をすするように食べたあと、緒方が「モーツァルトの交響曲、聴いたことありますか」と尋ねてきたことがあった。あるけど、自分ではあまり聴かないね、と興味のないままに兼定が答えると、「それは残念だな。もったいない。聴いたほうがいいです、あれは」と虚空を見るような目をした。そして「一度でいいから、また聴きたい」と言った。緒方がなんらかの希望や欲求を口にしたことはそれまでなかった。「所長の家にはあるだろうか」と兼定の目を見ながら問いかけた。もちろん知るわけがない。あったとして、われわれがそれを聴くことなどできるわけもない。

緒方はめずらしく、なかばひとりごとのように自分の話をした。あんなに自分の話をしたのはあれが最初で最後だ。

和歌山の材木商のおおきな屋敷でひらかれる新年会は三日にわたるものだった。初日は親族一同が集まり、二日目は得意先や政治家が、そして三日目になると、仕える者、働く者、緒方のような職人たちが招かれて大座敷で料理と酒をふるまわれたという。その座敷の床の間には舶来の大きな蓄音機が据えられて、宴会の余興のようなものとして、ときどきレコードがかけられた。宴会は無礼講で、遠慮なく飲み食いすることをなかば命じられていたから、音楽に耳を傾ける者などいなかった。しかし、蓄音機に近い席に座っていた緒方を、その音楽は突然、両腕で抱えこみ、引き摺り込むようにした。それはモーツァルトという音楽家のつくった交響曲というものであること、曲には名前はなく番号がふられていること、緒方の聴いた交響曲は第四十番で、第一楽章から第四楽章の四つに分かれていることを材木商の番頭から教えられた。

「あれは木を伐るときにも、耳のなかで鳴る」

兼定は黙って緒方の話を聞いていた。

その夜、藁布団に身を横たえる前に、兼定は靴の中敷に「モ 40」と刻んだ。

復員した兼定は、東京で働くようになった。レコードを買うような余裕はなかったから、銀座のクラシック喫茶に行き、モーツァルトの交響曲第四十番をリクエストした。全四楽章のうち、いちばんテンポが遅く、演奏時間も長い第二楽章が兼定の耳に残った。緒方がどの楽章に惹かれたのかはわからない。緒方がシベリアでいちばんことばを連ねて語った、その音楽だった。レコードの番号と指揮者の名前をメモして胸ポケットにしまった。

砂里浜に来てからは、もっぱらジャズのレコードばかり集めていた。しかしあるとき、岡田が神戸の中古レコード店で「ブルーノ・ワルターの四十番ありましたよ」と言って手に入れてきてくれた。岡田には緒方の話はしたことがない。復員して最初に聴いたレコードはモーツァルトなんだ、という話はしたことがあった。指揮者の話までしていたのをすっかり忘れていた。

四十番の第二楽章は、自分がどんな状態でもしみるように入ってくる。他の楽章とあまりに異なる旋律であり、リズムだった。ほかの楽章は兼定には不要だった。第二楽章だけ聴いていればいい。波のような、風のような音楽。自分の拍動のようでもある。自分が死ぬときにはこのような拍動を最後に、心臓も、脳も、呼吸も停止してくれればいい。

薫が無事に東京に帰ったことに岡田は安堵していた。帰る前日の晩、岡田は店の片づけをしながら薫に話をした。

「学校になんか行かなくてもいい。集団に慣らされたほうが気持ちは楽だけれど、集団はまちがえるから。しかも真面目で熱心なのがいると、もっとひどいことになる」

岡田は手を止めて薫を見た。

「気をつけたほうがいいのは、自分がひとりだなと感じたときかな。自分が追い詰められたとか、外されたとか、集団を恨む気持ちがふつふつとわいてきたら、無理してでも集団にとどまるか、もどるかしたほうがいい。そして面と向かって文句を言えばいいんだ。悪態をついたっていい。誰かはその悪態をちゃんと聞いている。集団を出て、それから集団を恨みはじめたら、痛手を負うのは君なんだ。なんて言えばいいのかな……」ちょっと真面目になり過ぎたと思ったのか、岡田は冗談を言う顔に切り替えてつづけた。「つまり……おならは我慢しないほうがいいってことだよ。わざわざ人前でしなくてもいいけどね。ひとりになったとき、おかまいなしにすればいい。てっとりばやいのは風呂のなかだけど」

「それはもうやってます」

薫は笑顔で言った。

どうして薫にたいしては雄弁になるのか、岡田は自分でもよくわからなかった。

「料理、教えてくれて、ありがとうございました。いつかまた来たら、ほかの料理も教えてください」

と薫はあらたまったように言った。

「もちろんいつでも教えるけど、あとは自分でレパートリーを増やすだけさ」

薫がまた「オーブフ」に来るのなら歓迎するつもりだった。だが、もう薫はここにはやってこないだろうと岡田はおもった。

薫が東京に帰って二週間も経つと、「オーブフ」のなにもかもが以前と同じようにもどった。

しかし岡田の身辺には変化があった。

マサコも砂里浜を去ることになったのだ。薫にはなんの責任もなく関係もなかったが、カオルとの関係までふくめて考えると、薫が触媒のようにはたらいた部分もある、といえなくもなかった。もちろん、薫はなにも知らずに帰京した。

岡田にはいつからとは覚えがないのだが、「しろかね」にパンを仕入れにいき、カオルの言動のひとつひとつにふれるたび、木の芽がふくらむほどのスピードで、少しずつなにかが降り積もっていった。一目惚れとは正反対の、ゆっくりとしたこころの動きだった。カオルも同様のように岡田は感じた。

「しろかね」で会計をするとき、無口な岡田が一言二言雑談めいた話をし、カオルも笑顔でそれに答える。カオルは機転がきき、ちょっとおもしろい。しかし慣れてきたからといって、ずけずけ踏みこんでくるようなこともない。近寄るようで近寄らないから、足を踏みだしたくなってくる。

半年ほど前から「オーブフ」に現れるようになったマサコは、遠慮なくなんでも思うままに口にした。関係が深まったのもあっという間だった。それがマサコの魅力だった。それなりの時間がすぎても、マサコとのやりとりは変わらなかった。半ば強引にドアを開けられ、曖昧にしておいたものを回収され、天日干しされる——はじめのうちこそ新鮮さがあり、解放されるおもいもしたが、岡田の性格が変わるわけでもなかったから、もともとひとりでいるほうが性に合っている、と自分に呟くような気持ちになることもあった。

ちょうどそのころ、カオルは岡田とマサコの関係を知ることになった。友人に岡田の話をしたら、「マサコの彼やん」と言われたのだ。「マサコって?」「飲み友だちのひとりやわ」マサコの飲み友だちはマサコに、「気ぃつけたほうがええよ、シゲカズさん誰にでもやさしいから」と忠告した。

しばらくして、カオルが友人といっしょにきていたカウンターバーでマサコが途中から合流する巡り合わせがあった。マサコは一晩いっしょに飲んでカオルの人柄を知り、素直にカオルを気に入ってしまった。あるいは最大の防御も兼ねていたのか、以来カオルと急速に親しい関係になっていった。

なにも予告しないまま、カオルとふたりで「オーブフ」に現れたのは、もはや牽制でもなんでもなく、たんなる仲のいい友だちとしてだったのかもしれない。

岡田が「しろかね」にパンを買いにいくと、カオルは明るく応対したが、その明るさには、とりつくしまのない軽い拒絶がふくまれていた。なにも起こらないまま、ふたりの関係はパン屋の店員と得意客のままとどまった。

しかし岡田とカオルは、マサコがふたりの感情をもっと正確に見ていることに気づいていなかった。花火の夜、マサコが岡田を引っぱって浜辺から去っていったのは、無自覚なふたりへのせめてもの抵抗だった。ふたりはマサコに気圧され、手も足も出ない気持ちになるいっぽう、自分の感情にあらためて気づかされることにもなった。

おもいもよらぬドアがいきなり開いたのは、それからしばらくしてのことだった。

会社の夏休みを利用して東京からやってきた高校の同級生が、マサコを訪ねて「カトレア」に通いつめ、まわりがあきれるほどまっすぐな求愛をはじめた。岡田にはない熱意と東京への懐かしさに火がついて、マサコはあっけなくそのドアから吸いだされてしまった。男は輸入車のディーラーに勤めており、羽振りもいい、とカオルはマサコから直接聞いていた。

岡田はひとり忙しく立ち働いていた。

こうしていなくなってみると、薫は「オーブフ」の手伝いをじゅうぶんすぎるほど果たしていたとおもう。あんなに毎日気疲れしていては身がもたないが、ずっと同じというわけでもないだろう。ここであれくらいできるのなら、薫自身が低く見積もっているよりはるかに手応えのあることが、いずれできるようになるだろう。結局のところ、自分自身でそれに気づくしかない。そこから先は岡田に手助けできることはなにもない。

ふたたび忙しくはなったものの、ひとりでやりくりしているほうがやはりはるかに気が楽だった。ただひとつ気になるのは、店のことはもう任せるから——というような態度を兼定が見せるようになってきたことだ。年齢から考えても仕方のないことだろう。自分を拾いあげてくれた兼定がいなくなる日のことをあらためて考えるようになった。油のなじんだ黒光りするフライパンが手もとから消え、真新しいフライパンを渡されるような、それは心細く途方に暮れることだった。

久しぶりにメル・トーメの「スウィングズ・シューバート・アレイ」をかけながら、店を片づけ、掃除をした。帰京する薫にプレゼントしようとして、渡しそびれたレコードだった。わざわざ東京に送るまでもないかと、そのままにしてあった。

掃除を終えるとレコードをとめ、ジャケットにしまって、棚にもどした。

外に出してあった「オーブフ」のライトボックスを店にしまおうとしていると、ふいにカオルがあらわれた。

「おつかれさま」

岡田は、ああ、と言ってカオルを見た。

「薫くんがいなくなって、さびしいんとちがう？」

岡田は照れ笑いのような息をもらし、「そうだな、さびしいな」と言った。

照明をすべて消し、ドアを閉めた。

「マサコもいなくなったし、夏もおしまい」

岡田はカオルの顔を見た。カオルはいったん目をふせたが、また正面から岡田を見た。

「夏の最後の花火、買《こ》うてきた」

カオルは手提げをかかげるようにして岡田に見せた。

「そうか。最後か」

岡田は「オーブフ」の鍵をしめ、手提げを受け取ると、カオルの手をはじめて握った。

薫が東京に帰る前の晩、店を閉めたあと、岡田は「約二ヶ月、おつかれさま。よく働いてくれて助かった」と言った。

「いえ、こちらこそお世話になりました」

ふたりは肩を並べて歩いた。

「兼定さんみたいな親戚がいてよかったな」

「はい、そうおもいます」

「おれも兼定さんがいなかったら、のたれ死んでたな」

ふたりはアパートに帰るほうへと左折せず、まっすぐ浜に向かった。

浜辺にはところどころに人の影があった。岡田は海の家と波打ち際のちょうど中間のあたりに腰をおろした。薫もそれにならった。

海は月のあかりを照りかえしていた。

山から降りてくる風はだいぶ温度が下がっていた。

いつもより潮のざわめきをおおきく感じる。

薫はいろいろなことを岡田に訊きたかった。でも、ことばにしようとすると口が動かなくなる。岡田ならなんでも答えられるかもしれないし、そうでないかもしれない。頭のなかを騒々しくしながら、ただ黙りこんでいた。

薫は靴を脱いで、裸足で波打ち際まで歩いた。波があしもとに流れつき、ふたたび沖にもどろうとするとき、足の裏にあった砂が持ち去られてゆく。あしもとがおぼつかなくなる、あやういこの感覚が好きだった。

波が引いたあとのつかのまの静けさが、薫をおおっていた。

砂浜に海水が吸いこまれると、小さな泡がつぷつぷとつぶれながら消えてゆく。その小さな音がする。自分もこの泡のように、いつか消えてゆく——それまでにできることはなんだろう。

つぎの波がくるまでのあいだ、いまはまだ答えのないその問いは、夜のひろがりそのものになって薫を見おろしていた。その気配を心地いいもののように薫は感じはじめていた。

主要参考文献

高杉一郎『極光のかげに　シベリア俘虜記』（岩波文庫）
石原吉郎『望郷と海』（筑摩書房）
富田武『シベリア抑留　スターリン独裁下、「収容所群島」の実像』（中公新書）

初出　「すばる」二〇二〇年一〇月号

装丁　文京図案室

松家仁之（まついえ・まさし）

一九五八年、東京生まれ。編集者を経て、二〇一二年に発表した長編小説『火山のふもとで』で第六十四回読売文学賞を受賞。二〇一八年『光の犬』で第六十八回芸術選奨文部科学大臣賞、第六回河合隼雄物語賞を受賞。その他の小説作品に『沈むフランシス』『優雅なのかどうか、わからない』。共著に『新しい須賀敦子』。

泡《あわ》

二〇二一年四月一〇日　第一刷発行

著　者　松家仁之《まついえまさし》

発行者　徳永　真

発行所　株式会社　集英社
東京都千代田区一ツ橋二−五−一〇　〒一〇一−八〇五〇
☎〇三−三二三〇−六一〇〇（編集部）
三二三〇−六〇八〇（読者係）
三二三〇−六三九三（販売部）書店専用

印刷所　大日本印刷株式会社

製本所　株式会社ブックアート

ISBN978-4-08-771736-5 C0093
定価はカバーに表示してあります。

集英社の文芸単行本

彼女たちの場合は

江國香織

14歳と17歳。ニューヨークの郊外に住むいとこ同士の礼那と逸佳は、ある秋の日、二人きりで〝アメリカを見る〟旅に出た。日本の高校を自主退学した逸佳は〝ノー〟ばかりの人生で、〝見る〟ことだけが唯一〝イエス〟だったから。ボストン、メインビーチズ、マンチェスター、クリーヴランド……長距離バスやアムトラックを乗り継ぎ、二人の旅は続いてゆく。美しい風景と愛すべき人々、そして「あの日の自分」に出逢える長編小説。

集英社の文芸単行本

新しい須賀敦子

湯川豊 篇／江國香織 松家仁之 湯川豊

没後もなお、多くの読者を魅了し続ける須賀敦子氏の文学。類まれな知性のうつくしさともいうべきその魅力を読み解く。三氏による対談、講演、評論を収録。「須賀敦子の魅力」（江國香織＋湯川豊）、「須賀敦子を読み直す」（湯川豊）、「須賀敦子の手紙」（松家仁之）、「須賀敦子が見ていたもの」（湯川豊＋松家仁之）、「『新しい須賀敦子』五つの素描」（湯川豊）。他、略年譜も収録。